novum pro

AF146878

Andrea Rosemarie Arnold

9. Elisabeths Buchhaltung und Bilanzierung.

Vereinfachte Theorie der Buchführung
in Regenbogenfarben

novum pro

Bibliografische Information der Deutschen Nationalbibliothek:

Die Deutsche Nationalbibliothek verzeichnet diese Publikation in der Deutschen Nationalbibliografie. Detaillierte bibliografische Daten sind im Internet über http://www.d-nb.de abrufbar.

Alle Rechte der Verbreitung, auch durch Film, Funk und Fernsehen, fotomechanische Wiedergabe, Tonträger, elektronische Datenträger und auszugsweisen Nachdruck, sind vorbehalten.

© 2019 novum Verlag

ISBN 978-3-95840-836-4
Lektorat: Susanne Schilp
Umschlagfotos: Elena Schweitzer, Maximka87, Dmitriy Golbay, Subbotina | Dreamstime.com
Umschlaggestaltung, Layout & Satz: novum Verlag

Gedruckt in der Europäischen Union auf umweltfreundlichem, chlor- und säurefrei gebleichtem Papier.

www.novumverlag.com

Hallo liebe Leserin und lieber Leser,

jetzt falle ich gleich mal mit der Tür ins Haus. Oder ich könnte auch sagen, dass der Rosenbogen offen ist.
Gleich zu Beginn des Buches denke ich über das Cover nach. Um mir ein Bild vom Inhalt des Buches zu machen. Es sind die folgenden Überlegungen, die ich mache:
Cover: Die 9 steht auf einem Kreis; dieser Kreis ist ein getöpferter Kreis, der in der Erde steckt. Die Farben der 9 sind Regenbogenfarben auf erdbraunem Hintergrund. Das Schild steht neben einem Rosenbogen. Mensch sieht von einer grünen, ein wenig braun gefleckten, von der intensiven Sonneneinstrahlung befleckten, leicht ruinierten Wiese, durch ein Tor mit blühenden pinken Rosen hindurch auf den Regenbogenhimmel; auf der anderen Seite sind Wolken am Himmel. Der Titel ist in dunkelblau geschrieben. Marie Likisch ist auch in blau dünn geschrieben. Über dem Bild. Bei Marie steht ein rotes Herz für das „e".

Hallo Du, nochmal,
ich bin die Andrea und dies ist nun mein 9. Buch. Ich schrieb 7 Bücher unter dem Namen Marie Likisch. Und ein Buch unter meinem richtigen Namen Andrea Rosemarie Arnold. Und nun gibt es dieses Buch von mir. In meinem allerersten Buch wies ich auch auf ein Geschichtsbuch der Pfarrei Veitsaurach hin; hier sind die historischen Wurzeln von mir veröffentlicht. Von vielen anderen Menschen und deren Leben und ihren Häusern in den Dörfern unserer Pfarrgemeinde auch. Der Schwerpunkt ist gleichermaßen vom Immateriellen zum Materiellen gelegt. Von den Menschen zu ihrem Besitz. Das Eigentum, das sich die Menschen gegenseitig zustanden, wird ausführlich erklärt. Auch die Regeln, die zu dieser ungleichen Verteilung führten. Wie die Regeln im Detail zustande kamen, erklärt das Buch, der Verfasser ist Ludwig Hefele, leider nicht. Das dicke Buch ist eine interessante Kombination und Auflistung von den Menschen und

ihren Anwesen. Ich finde es spannend, etwas über meine Vorfahren zu erfahren. Ich hätte es sonst nicht gewusst. Die Vergangenheit, die jetzt in die Gegenwart und auch in die Zukunft reicht, ist ein fesselndes Thema.

Ich habe noch eine andere Verbindung zu der Zahl 9. Es gibt sogar viele Zusammenhänge. Eine Verbindung ist, dass ich in einem Haus mit der Hausnummer 9 wohne. In unserem Dorf sind alle Häuser durcheinander nummeriert. Ein Postbote hat es da schwer, die Häuser zu finden. Das ist historisch bedingt. Die Häuser wurden in der älteren Vergangenheit im Kreis um die Kapelle nummeriert. Später kamen andere Häuser hinzu. Diesen wurden dann weiter Zahlen, die noch frei waren, gegeben. Oder es wurden die Ziffern einfach weitergezählt und vergeben. Es gab zum Beispiel bei meinem Elternhaus noch ein Austragshäusle mit der Nummer 8 für die ältere Generation. Dieses Haus wurde irgendwann aufgelöst und ist zurzeit eine Garage. Und die Nummer 8 wurde dann an ein anderes Haus verteilt. Nun besteht ein Zahlenwirr bei der Nummerierung der Häuser. Eine ordnende Funktion hat diese Nummerierung nur bedingt.

Außerdem ist in meinem Geburtsdatum auch eine 9. Ich bin am 01.05.1973 geboren. In meiner Postleitzahl ist auch die erste Zahl eine 9. Es gibt noch andere Analogien, die ich allerdings nicht aufzählen möchte. Zahlen faszinieren mich schon immer. Und in meiner Arbeit im Kiosk kann ich mit Zahlen hantieren und in Geld und Produkten umsetzen. Dauernd zähle und rechne ich. Die Zahlen 0,1,2,3,4,5,6,7,8,9 sind total wichtig und haben alle eine Bedeutung.

In dem Buch „Symbolik und Bedeutung der Zahlen" erklärt der Autor Hajo Banzhaf, dass die Zahlen nicht nur Mengen ausdrücken, sondern auch jeweils ihre eigene Qualität besitzen. Schon für den griechischen Philosophen Pythagoras waren Zahlen Symbole einer göttlichen Weltordnung und der Schlüssel zu den harmonischen Gesetzen des Kosmos. Der Autor Hajo Banzhaf beschreibt die Zahlen wie folgt:

0 = Die Zahl des uranfänglich Ganzen
1 = Die Zahl des unteilbaren Einen
2 = Die Zahl der Polarität
3 = Die göttliche Zahl
4 = Die irdische Zahl
5 = Die Zahl des Menschen

6 = *Die vollkommene Zahl*
7 = *Die heilige Zahl*
8 = *Zahl des Gleichgewichts*
9 = *Zahl der Initiation*

Ich übernehme nun die Ausführungen des Autors. Um das Wesen der Zahlensymbolik zu verstehen, ist es gut, sich zunächst klarzumachen, dass es dabei nicht um „ausgedachte" Zuordnungen geht. Wie bei jedem echten Symbol handelt es sich auch hier um eine Bedeutung, die sozusagen „vorgefunden" wird, die vom Bewusstsein erkannt, aber nicht gemacht wird. Diese Erkenntnis verdanken wir vor allem der Tiefenpsychologie und dabei insbesondere C. G. Jung, der zeigen konnte, dass das Unbewusste sich in Bildern und Symbolen ausdrückt, die es nicht zuvor erlernen muss. Unser heutiges Bewusstsein muss dagegen mit dieser Symbolsprache erst vertraut werden, um deren Bedeutung nach und nach immer tiefer zu verstehen, selbst wenn es sie wahrscheinlich niemals umfassend begreifen kann. Es heißt in dem Buch auf Seite 14: „Dieses tiefe Symbolverständnis gilt zumindest für die einstelligen Zahlen, denen eine archetypische Qualität zu eigen ist. Sie spielen auch in der Jung'schen Traumdeutung eine wichtige Rolle." Ich selbst denke, das Bewusstsein der Menschen muss sogar von der Zahlensymbolik getrennt werden. Und es geht darum, dass jeder Mensch gleichwertig ist. In keine Zahlen eingeordnet wird. Sich Menschen keiner Zahl unterordnen. Obwohl mich natürlich die Zahlen und deren Benutzung auch faszinieren. Allerdings nur, wenn sie das Leben der Menschen bereichern und nicht einengen. Und niemand nach Zahlen als Mensch bewertet wird. Ich bin Kommunistin; meine Haltung zu Zahlen ist die Konsequenz meiner Einstellung und meines christlichen Menschenbildes. Und wir sind da alle Kinder Gottes. Also gleichwertig. Die Gotteskindschaft wiederhole ich in all meinen Büchern. Ich finde es wichtig, dass Menschen dies immer wieder hören und beherzigen.

Der Gebrauch der Zahlen ist total vielfältig und umfangreich. Ich kann gar nicht alles aufzählen. Das ganze Leben und viele Abläufe auf der Erde werden in Zahlen umgerechnet. Angefangen bei der Anzahl der Menschen und der Zeitrechnung und so weiter und so fort. Ein Leben ohne Zahlen ist auf der Erde nicht denkbar. Alles kann auf Zahlen reduziert und ausgedrückt werden. In allen Schulfächern und damit Lebensbereichen ist das der Fall. Bei meiner Arbeit im Kiosk begegnen mir Zahlen. Der Einsatz ist, beispielsweise Geldwert. Als Produktcode. Als Lottozahl. Als Wert auf einer Briefmarke. Als Remissionspaket von Zeitungen, die ich beschrifte. Als Datum der Zeitschriften. Natürlich sind die Buchstaben auch wichtig. Jedoch möchte ich meinen Fokus nun auf die Zahlen legen. Ich lernte im Arabischkurs, auch die Zahlen auf Arabisch zu schreiben. In der Schule lernten wir auch die römischen Zahlen. Ein interessantes Thema, zu dem es viel interessante Literatur gibt. Und letztendlich wird das Leben auch in Zahlen und Geld berechnet, um Handel und Versorgung zu garantieren. Die Menschen erfanden Geld als Tauschmittel, um alle Dinge zu erhalten, die sie wollten. Darüber habe ich ja in meinen anderen Büchern schon geschrieben.

Es gibt eine Kartenreihe, die heißt „Wortschatz". Nach dem Wort „WORT" ist eine dreizackige Krone gemalt und darunter kommt das Wort „SCHATZ". Ich begegnete den Karten in dem Kiosk, in dem ich arbeite. Ich kaufte viele dieser Karten mit den verschiedensten Bildern und Gedanken. Eine Karte trägt diesen Gedanken: „Es gibt Augenblicke, die zählen nicht die Dinge." Und diese Augenblicke sind mir wichtig. Und solche schöne Zeiten möchte ich in meinem Leben. Am besten durchgehend. Das Zählen soll nur Nebensache sein. Dann geht es wirklich um die Magie der schönen Zeit und eines erfüllten Lebens. Als ich diese Zeilen zuerst las, ganz flüchtig, verdrehte ich versehentlich diesen Satz in der Erinnerung. Und ich erinnerte mich an diesen Satz: „Es sind die Augenblicke die zählen, nicht die Dinge." Und diesen Satz finde ich wunderschön. Mit „Augenblicke" meine ich hier das Sehen der Menschen.

Während ich dieses Buch schreibe, ist tatsächlich auch ein Maler bei uns im Haus, der die Fenster streicht. Ich räume die Fenster ab und putze danach. Die 46 Jahre alten Kiefernfenster haben es dringend nötig. Sie wurden in der Schreinerei meines Opas mütterlicherseits angefertigt. Opa baute sie auch ein. Während des Umräumens fand ich auch alte Bilder und einen Spiegel, den ich beschreiben werde. Das Soldatenbild und das Jesusbild gibt es so wirklich. Auch die Hochzeitsbilder und Kommunionsbilder gibt es.

Auf dem Cover ist ein Rosenbogen, also eine Tür abgebildet. Über Rosen erzählte ich schon eine Menge. Hier geht es um einen Roseneinund -ausgang. Solche Rosenausgänge sah ich in unserer Gegend schon öfter und sie begeistern mich. Darum wählte ich auch so einen Bogen. Und Türen und Bögen öffnen ja in eine andere Welt. Darum dieses Cover.

Im Verlauf dieses Buches lasse ich Sahra sprechen. Sie ist eine fiktive Figur und lebt als Schriftstellerin in Nürnberg. Viel Spaß beim Lesen und vielleicht ein paar wertvolle Tipps.

Herzlich, Andrea

Der Roman:
„Elisabeths Buchhaltung und Bilanzierung"

Ich bin Sahra. Ich arbeite als Schriftstellerin in Nürnberg und bin Mama von drei Kindern und Single. Heute schreibe ich jedoch nicht über mich, sondern denke mir ein Pseudonym für meine Hauptfigur aus. Der Künstlername der Romanhauptfigur ist Elisabeth Eva Hildegard Monika Arnold-Müller. Eva heißt die Patin von Elisabeth. Daher der Name. Hildegard ist eine Tante und Monika die Großmutter. Elisabeth arbeitet als Hauswirtschafterin in einer Seniorenwohngruppe und ist glücklich mit Friedrich liiert. Die beiden haben 3 erwachsene Töchter zwischen 18 und 22 Jahren. Die Töchter benannten sie nach den Zweitnamen von Elisabeth. Die Älteste heißt Eva, dann kommt Hildegard und dann Monika. Elisabeth schwebt mit ihrem Lebenspartner immer noch auf Wolke 9. Im Deutschen ist es die Wolke 7. Im Englischen die Wolke 9. Und weil es mein 9. Buch ist, übernehme ich die englische Zahl. Also die beiden schweben auf Wolke 9. Sie lieben sich und sind überaus glücklich miteinander. Sie freuen sich auf jeden gemeinsamen Tag. Und weil ich, und damit Elisabeth, so fasziniert von der Zahl 9 bin, will ich/sie darüber ein Buch schreiben. Ich, Sahra, schwebte mit meinem Expartner Stefan im 7. Himmel. Von einem erneuten Verliebtsein bin ich im Moment weit entfernt. Von einer Wolke 9 kann ich nicht sprechen. Von jetzt an spricht Elisabeth. Sie macht sich Gedanken über Gott und die Welt. Eigentlich über alles. Elisabeth redet auch in der Ich-Form. Ich als Autorin kann mich dann auch leichter in sie hineinversetzen. Meistens sind Elisabeths Gedanken auch meine Gedanken. Allerdings ist das Tun von Elisabeth dann imaginär und kein tatsächliches Tun. Dieses Tun könnte jedoch durchaus sein. Es ist ein Tun in der Phantasie. Es ist jedoch ein sinnvolles Tun. Denn einen Schmarrn will ich ja nicht denken und schreiben. Und von nun an erzählt Elisabeth:

Mein Leben. Ich bin Elisabeth.

Heute ist der 25.6.2018. Und mein Lebenspartner und meine Kinder sind alle bei ihrer Arbeit und ihrer Tätigkeit. Ich habe gerade mehrere Tage Urlaub von meiner Tätigkeit bei der Seniorengruppe. Davor arbeitete ich auf einer Säuglingsstation. Dann kochte ich für Schulkinder in einem Hort. Dann in einer Werkkantine für Erwachsene und nun in dieser Wohngruppe. Ehrenamtlich half ich mal in einer Suppenküche. Das verkraftete ich aber nicht lange: Diesen Leuten wäre mit Geld ein selbstständiges Leben geschenkt und ermöglicht worden. Das hatten sie jedoch nicht und mussten sich unselbstständig bekochen und ernähren lassen. Das packte ich nicht. Und seitdem setze ich mich für Sozialismus ein. Ich weiß nun, dass das Wort „asozial" nur für Menschen gilt, die nicht teilen. Wer nicht teilt, ist asozial.

Zuerst erledige ich meinen Haushalt. Dann schaue ich meine Mails und mein Handy kurz durch. Ich bleibe bei einer Mail von „Vivat! Christliche Bücher und Geschenke" hängen. Der Impuls für den heutigen Tag ist aus dem Evangelium. Mt, 7,1 wird zitiert: „Richtet nicht, damit ihr nicht gerichtet werdet!" Mich fasziniert dieser Satz. Er besagt, dass wir Bewertungen sein lassen und uns letztendlich auf Gottes Einschätzung verlassen sollen. Und auch den Mitmenschen sollen wir nicht verurteilend gegenübertreten, sondern miteinander ausdiskutieren, was richtig ist und was nicht. Es steht noch ein Gebet dabei: „Du, Gott, schenkst uns eine Ordnung der Liebe. In dieser Ordnung möchtest du selbst, soll dein Klang alles bestimmen, du, der du die Liebe bist. Wie wird das Lied klingen, wie wird die Schöpfung singen, wenn der Klang aus Liebe ist?" Ich finde das Gebet recht poetisch und finde toll, dass Gott die Liebe ist. Auch in dem Buch, das ich gerade lese, wird Gott als die Liebe definiert. Es ist das Buch „Die Seele der Welt" von Frédéric Lenoir. Es geht in dem Buch um das spirituelle Wissen der Welt. Auf der Hinterseite des Buches wird der Inhalt erklärt: „Sieben Weise folgen einem inneren Ruf und finden sich in einem tibetischen Kloster ein. Angesichts einer drohenden Weltkatastrophe sprechen sie über die großen Menschheitsfragen – wie Körper und Seele, wahre Freiheit, Tugenden, Liebe, den Sinn des Lebens – und das, was ihre unterschiedlichen Religionen und spirituellen bzw. philosophischen Traditionen miteinander verbindet." Mir gefällt der Satz auf

Seite 91: „Die Moral ist das Gesetz der Vernunft, die Liebe aber das Gesetz des Herzens." Und auf Seite 125 gefällt mir: „Achtsam sein und im gegenwärtigen Augenblick verankert, in allem, was wir tun und fühlen, mit allem, was wir sind: Dies ist einer der Schlüssel zu einem guten Leben." Das Buch erzählt davon, dass es Liebe in den unterschiedlichsten Formen gibt. Von der Liebe zu Eltern und Kindern, von Partner zur Partnerin, von Menschen untereinander, zwischen Freunden, zur Heimat, zur Kunst und zur Religion und zu Gott und zu Sonstigem. Ich bin der Meinung, dass Empathie die wichtigste Form der Liebe ist.

Auf dieses Buch wurde ich im Französischkurs aufmerksam. Die Lehrerin erzählte über die wichtigsten französischen Autoren und deren Bücher. Sie gab uns ein Skript. Wir stiegen mit der Frage ein, was uns an Literatur so fasziniert. Und manche Teilnehmerinnen sprachen davon, sich in die Figuren hineinversetzen zu können und da ganz mitzufiebern. Andere fanden die Gedanken und beschriebenen Lebensweisen in einem Buch interessant. Andere wollten sich Wissen aneignen und ich sagte, dass ich auch selber schreibe, um meine Gedanken mitzuteilen. Und meine Gedanken anderen zugänglich zu machen. An sich finde ich ja Bücher langweilig. Sie sind beschriebenes Papier, in das ich ganz hinabtauchen kann, um die Gedanken und Geisteshaltungen und Einstellungen von anderen Menschen zu ergründen. Aber es ist nur ein gedankliches Konstrukt. Das Leben passiert im Umgang mit anderen. Die Sinne kann ich nur woanders vollständig einsetzen. Im Tun und Machen.

Wir sprachen über die verschiedenen Epochen und deren Werke. Über französische Bestseller. Ein Satz blieb mir in besonderer Erinnerung. Er stammt von Voltaire. Dieser Mann lebte von 1694 bis 1778. Er schrieb das Werk „Candide". Und für den letzten Satz seines Buches brauchte er über 4 Wochen. Leider weiß ich den Inhalt des Buches nicht mehr. Den Satz finde ich so gut, dass ich mir den merkte. Er lautet: „Man muss seinen Garten bestellen." Das ist mehrdeutig für mich. Zum einen bedeutet das, dass ich mich um mein Zeug kümmern muss. Es bedeutet auch, dass ich einen Garten bestellen und bearbeiten soll, um die Früchte zu ernten. Es ist wörtlich zu nehmen. Und es bedeutet, dass ich mich um wichtige Dinge kümmern muss, weil es sonst nicht rundläuft. Vorsorge ist zu treffen und kostet Mühe und Arbeit. Und der Garten ist im weiteren Sinne auch die Natur und die Umgebung. Und auch die Mit-

menschen. Wir sangen auch Lieder von Edith Piaf. Die Melodien finde ich toll, wobei mir manchmal nicht gefällt, dass sie sich in ihren Texten für einen Mann zum Affen macht, sich die Haare für ihn färbt und zu bedingungslos liebt. Den Anspruch auf Gegenliebe und Wertschätzung habe ich schon. Für mich ist Liebe Geben und Nehmen. Nicht nur einseitiges Geben. Ich finde jedoch auch, dass die Melodien und Texte Meisterwerke sind. Bei der Hausarbeit höre ich mir die französischen Chansons an, mit ihrer Leichtigkeit. Es ist ein wirklicher Hörgenuss. Und beim Singen fällt mir die französische Sprache ganz leicht. Es gibt ja auch die These, dass sich alle Sprachen aus dem Singen entwickelten. Und meine Kinder sangen und krähten als Kleinkinder wirklich sehr. Erst später lernten sie die Melodie und die Wörter der deutschen Sprache. Es ist ein interessantes Thema.

Morgen hat meine älteste Tochter Eva Geburtstag. Sie wird 25 Jahre alt. Sie studiert Jura und lebt als Single. Nach eigenen Angaben sehnt sie sich nach einem passenden Partner, der sie respektiert, auf Augenhöhe. Ich kaufte für sie eine CD mit christlichen Liedern. Und auf dieser CD ist das Lied „Vergiss es nie". Der Originaltitel laute: „I got you". Text und Musik: Paul Janz; DT. Text: Jürgen Werth. Den Text finde ich mega. Es geht darum, dass ich, und jeder, Mensch eine Idee Gottes ist. Jeder Mensch ist ein Gottesgeschenk. Und jeder Mensch sieht die Welt anders. Jeder Mensch ist einmalig.

Allerdings stimmt der Satz „Du bist reich, egal, ob mit oder ohne Geld" nur bedingt. Denn Leben ist das Kostbarste, was es gibt. Allerdings ist ohne Geld in diesem Wirtschaftssystem ein Leben nicht möglich. Weil alles in Geld umgerechnet wird. Auf Zahlen reduziert wird. Sachen und Dienstleistungen bekommen einen bestimmten geldlichen Wert zugeschrieben. Mal mehr, mal weniger. Ob diese Einteilung sinnvoll ist, ist auch eine Frage. Weil viele Sachen übersehen werden. Oder ist es überhaupt fair, bestimmte Sachen zu berechnen und andere wieder nicht?

Ich besorgte für meine Tochter außerdem eine Karte. Darauf steht: „Für meinen Goldschatz." Sie ist ja für mich ziemlich wertvoll und ein unbezahlbarer Schatz. Und es sind noch ein paar Kröten, als Prinzen verkleidet und mit Goldkrönchen, abgebildet. Es steht darunter: „Ein paar Kröten für Dich." Ich lege ein paar „Kröten" in die Karte hinein. Also sind die Kröten Geld. Genauer gesagt, 50 Euro. Dies tue ich für meinen Schatz, also meine Tochter. Und die verwunschenen Prinzen, wie bei in dem Märchen mit der goldenen Kugel, sind keine echten Prinzen, sondern Geld.

Ich schreibe in die Karte: „Liebe Eva, hier sind ein paar (Geld-) Kröten für dich. Den echten Prinzen wie in dem Märchen ‚Die goldenen Kugel' wünsche ich dir noch. Außerdem wünsche ich dir alles Gute und Gottes Segen zum Geburtstag. Deine Mama und dein Papa."

Das Wort „Kröten" ist ja so vieldeutig. So absolut mehrdeutig. Es können die wirklichen Kröten in der Natur sein, für die Krötenzäune errichtet werden. Oder es kann Geld sein. Ich selber sage ja immer, dass ich keine Kröten schlucken will und zu viele Kröten schlucken muss, Kompromisse eingehen muss, weil es das Geldsystem so vorgibt. Das finde ich so furchtbar. Wobei wir nun beim eigentlichen Thema sind.

Zahl 9

Ich will ja viel über Zahlen reden. Und Zahlen haben eine tiefere Bedeutung. Schon seit Urzeiten. Pythagoras meinte: „ Die Zahl ist das Wesen aller Dinge." Das mag sein. Der Mensch ist davon ausgenommen. Sein Wesen ist, Kind Gottes zu sein. Ich wurde auf das Buch „Symbolik und Bedeutung der Zahlen" von Hajo Banzhaf aufmerksam. Viele Zahlen und deren Bedeutung sind darin ausführlich erklärt. Mich interessiert besonders die Zahl 9. Schließlich heißt ja mein ganzes Buch so. Sie wird als „Zahl der Initiation und der Sammlung vor dem Schritt ins Neue" beschrieben. Ich erlaube mir, auf Seite 105 und folgende, manches über die Zahl abzuschreiben. Ich finde diese Zahlensymbolik so faszinierend. „Als letzte einstellige Zahl symbolisiert die Neun die Schwelle am Übergang in eine neue Ebene, einen höheren Bereich, zu einem höheren Bewusstsein." „Obwohl die meisten Menschen den Schriftzug andersherum machen, ist auch das Schriftzeichen 9 ein Symbol für den Weg von Außen nach Innen, wohingegen ihr Kehrbild, die 6, als fruchtbare Zahl gilt, die aus sich herausgeht." „Die Verknüpfung von neu und neun findet sich in zahlreichen Sprachen, in denen die beiden Worte verwandt, wenn nicht sogar identisch sind oder zumindest auf eine gemeinsame Sprachwurzel zurückgehen." Z.B. auf Spanisch nuevo und nueve. Die Worte sind auch im Deutschen, Lateinischen, Italienischen, Französischen und

Portugiesischen ähnlich. „Als Zahl der Sammlung und der Vorbereitung spielt die Neun eine Schlüsselrolle in Einweihungsriten in aller Welt. Es sind neun Stunden, Tage, Nächte, Wochen, Monate oder Jahre, die dem Initiationsschritt vorausgehen. Vielleicht sind die neun Monate, die wir im Bauch der Mutter heranreifen, wir in die diese Welt initiiert werden, ein Vorbild dazu gewesen. Pythagoras, der Vater der abendländischen Zahlensymbolik, verbrachte, in schwarze Wolle gekleidet, dreimal neun Tage in einer Zeusgrotte, um in die Mysterien eingeweiht zu werden. Berühmt sind neun Tage und Nächte, die der nordische Gott Odin hängend in der Weltenesche Yggdrasil verbrachte, bis er die Runen entdeckte und darüber Weisheit fand. Die Weltenensche selbst ist ein Symbol des Kosmos. Sie hat neun Äste, die sich über die neuen Welten erstrecken, aus denen nach germanischen Glauben das Universum besteht. So wundert es nicht, dass die Neun in vielen schamanischen Riten eine wichtige Rolle spielt. Und nach C. G. Jung heißt es in Mythen und Märchen vom Schatz, dass er während neun 9 Jahren, 9 Monaten und 9 Nächten emporblüht. Wenn er dann in der letzten Nacht nicht gefunden wird, sinkt er wieder hinab und das Spiel kann von vorn beginnen.

Aber auch in den wenigen, dem Abendland verbliebenen Initiationsriten hat sich die Neun als Symbolzahl erhalten. In hermetischen Orden, etwa den Rosenkreuzern, gibt es neun Grade der Einweihung und in katholischen Ordensgemeinschaften symbolisiert die Zahl heute die Zeit der Sammlung vor dem endgültigen Schritt. So legt der Novize bei den Franziskanern und bei den Benediktinern zunächst ein zeitlich begrenztes Gelübde ab. Erst das ewige Gelübde im neunten Jahr bindet ihn auf Lebzeiten an den Orden.

Als Potenzierung der göttlichen Drei (3 x 3) hat die Neun eine starke religiöse Bedeutung. In matriarchalen Kulturen finden wir sie als Facetten der Großen Göttin, wovon noch die neun Musen zeugen, die auf dem Parnass wohnen, aber auch die neunköpfige Hydra.

Im Christentum gibt es die Vorstellung von neun himmlischen Engelschören und einem neunstufigen Himmel, wie ihn Dante beschrieben hat: Über den acht Sphären der sieben Planeten und des Fixsternhimmels wölbt sich als neunte Sphäre ein sternenloser Kristallhimmel, der die Schwelle zum Empyreum bildet, dem Ort der Seligen. Und in der Bergpredigt sind es neun Seligpreisungen, mit denen Jesus diesen Weg weist."

Im Buch sind die neun Seligpreisungen aus der Bergpredigt (Matth. 5,3–11) aufgeführt. Ich schreibe sie auch ab:

Selig, die arm vor Gott sind; denn ihnen gehört das Himmelreich.
Selig, die Trauernden; denn sie werden getröstet werden.
Selig, die keine Gewalt anwenden; denn sie werden das Land erben.
Selig, die hungern und dürsten nach der Gerechtigkeit; denn sie werden satt werden.
Selig die Barmherzigen; denn sie werden Erbarmen finden.
Selig, die reinen Herzens sind; denn sie werden Gott schauen.
Selig, die Frieden stiften; denn sie werden Söhne Gottes genannt werden.
Selig, die um der Gerechtigkeit willen verfolgt werden; denn ihnen gehört das Himmelreich.
Selig seid ihr, wenn ihr um meinetwillen beschimpft und verfolgt und auf alle mögliche Weise verleumdet werdet. Freut euch und jubelt: Euer Lohn im Himmel wird groß sein.

In dem Buch über die Symbolik und Bedeutung der Zahlen, heißt es weiter: „Im Neuen Testament zeigt sich die Neun als Symbol des Übergangs. Jesus stirbt zur neunten Tagesstunde und der Überlieferung zufolge wurde er mit dreimal drei Schlägen an das Kreuz genagelt, woran bis heute manches neunmalige Glockenläuten erinnern soll.

Das eigentliche Ziel der inneren Sammlung vor dem Schritt ins Neue ist die Selbsterkenntnis. Sie gibt dem Menschen das Gefühl von Stimmigkeit und lässt ihn, im Unterschied zur aufgesetzten Haltung eines Neunmalklugen, eindeutig sein und handeln. So ist es nicht verwunderlich, dass wir im Tarot als neunte Karte der Großen Arkana den EREMITEN finden. Dieser Archetyp des Alten Weisen symbolisierte den Rückzug und die Abgeschiedenheit, allerdings ohne dabei ein weltfremder, menschenscheuer Einzelgänger zu sein. Natürlich kann er sich unter die Leute mischen, doch bewahrt er dabei stets die Treue zu sich selbst. Eben diese Idee findet sich auch in der Zahl Neun wieder. Sie lässt sich mit jeder anderen Zahl mischen, doch bleibt sie sich dabei ‚treu‘: Womit man neun auch multipliziert (= mischt), das Ergebnis ist in der Quersumme wieder neun ($3 \times 9 = 27$, $2+7=9$ oder $17 \times 9 = 153$, $1+5+3=9$).

Aber auch umgekehrt kann die Neun aus jeder Zahlengruppe verschwinden, ohne Spuren zu hinterlassen. Was immer man durch neun teilt, hinterlässt einen Rest, der der Quersumme der Ausgangszahl entspricht: 431:9=47, Rest 8; 4+3+1=9

Der Alte Weise symbolisiert auch eine Kraft, die anderen hilft, eine Schwelle zu überwinden und dabei authentisch zu bleiben. Gleiches ‚tut' die Zahl Neun. Sie hilft anderen Zahlen über die nächste Zehnergrenze, ohne sie dabei zu manipulieren oder zu verdrehen."

Ich schreibe nun weiter aus diesem Buch ab, ändere jedoch den Inhalt ein wenig ab. Denn zu welcher Zahl man neun auch addiert, die Quersumme des Ergebnisses entspricht der Quersumme der Ausgangszahl. 7+9=16 Es folgt: 1+6=7; 105+9=114 es folgt: 1+0+5=6 ebenso wie 1+1+4=6.

Ich zitiere weiter: „Sowohl als Symbol der Selbsterkenntnis wie auch als Wegweiser für die richtige Schrittfolge zeigt sich die Neun im Enneagramm. Dieses ursprünglich von Gurdjieff überlieferte Konzept beschreibt einen neunstufigen Verwirklichungsprozess. Später wurde daraus die heutige bekannte Charakterkunde entwickelt. Beides sind typische Themen der Neun.

Die Idee des Rückzugs und der Sammlung in der Mitte vor dem Schritt ins Neue symbolisiert die Neun auch als Mittelpunkt der Windrose. Sie zeigt vier Haupt- und vier Zwischenrichtungen an. Die Orientierung erfolgt jedoch aus der Mitte, dem Sitz der Neun. Die gleiche Idee zeigt sich in der nordisch-keltischen Tradition in der Vorstellung von den Neun Welten. Dem Pilger auf dem Jakobsweg weist eine Jakobsmuschel den Weg zum Ziel (nach innen). Stilisiert wird sie oftmals mit neun Wölbungen dargestellt, so auch im Wappen von Papst Benedikt XVI.

Im Islam ist stets der neunte Monat des Jahres der Fastenmonat Ramadan, und dem Koran zufolge hat Allah 99 Namen. In christlichen Kreisen heißt es stets Amen (so sei es) am Ende eines Segens oder eines Gebets. Zählt man die Zahlenwerte der griechischen Buchstaben dieses Wortes zusammen, so ergibt sich aus a=1; m=40; h=8 und n=50 als Summe die Zahl 99 und damit symbolisch zweimal neun."

Die Zahl 10 würde folgen. 1 steht für Anfang und anderes. Die Zahl 0 ist ein Zwilling der Unendlichkeit und hat auch verschiedene Bedeutungen. Die Zehn ist die Zahl der göttlichen Ordnung, des Voll-

endeten und der Vollkommenheit. Bei dieser Zahl bin ich noch nicht angelangt. Lediglich hat Gott mich mit wunderbaren 10 Fingern und 10 Zehen ausgestattet. Und das ist ja auch ein kleines Wunder.

Zur Ergänzung schaue ich auch unter Wikipedia nach. Es stehen noch weiterführende Informationen über das Symbol 9 darin. Das Symbol der Bahai in Delhi ist ein 9-zackiger Stern und steht für die Einheit der Menschheit und die Einheit der Religionen. Die Bahai haben auch ein Gebäude als Andachtsraum in Delhi gebaut. Ich denke, dass die Einheit der Menschen in einem guten Wirtschaftssystem besteht. Dann können auch die Religionen gleichwertig nebeneinanderstehen. Geld ist das Liebesband zwischen den Menschen. Oder das Gewaltmittel für Menschen. Es ist teilweise ein Symbol für Freiheit. Damit sich diese Freiheit an der Gleichwertigkeit aller Menschen orientiert, muss das Wirtschaftssystem an die Menschenrechte angepasst werden. In dem Buch 8 werden die Gewinne in einer Lehrbuchkalkulation erweitert, um die Gewinne für Umwelt und Soziales – orientiert an den Menschenrechten. Und nun will ich eine neue Buchhaltung und Bilanzierung erfinden.

Ich überlege mir gerade die Farbe der 9 auf meinem Cover. Um die Symbolik der Farben zu entziffern, schlage ich in Wikipedia nach. Rot, grün, gelb, blau, braun, schwarz, violett, pink, rosa, weiß, grau. Und noch Zwischenfarben schlage ich nach. Weil das Leben auch bunt ist und der Regenbogen so viel Bedeutung hat, entscheide ich mich dafür, die Zahl 9 in Regenbogenfarben abzubilden. Theoretisch könnte ich jetzt auch eine Farbanalyse betreiben und das hier niedertippen. In Zeiten von Internet und Suchmaschinen halte ich das für überflüssig und unnütz. Du kannst selber die Farblehre eruieren. Es ist ein total spannendes Thema. Und ein umfangreiches Interessengebiet. Es würde Stunden füllen.

Für heute beende ich meine Schreibereien. Ich koche für meinen Mann und werde später mit ihm spazierengehen. Wir plaudern und werden in einem der schönen Cafés einen Kuchen und ein Heißgetränk einnehmen. Abends wahrscheinlich kuscheln und so weiter und so weiter.

Ich backe Kuchen für meine Große. Und bereite Pizza und Salate für unsere Familiengeburtstagsfeier am Abend vor. Meine Eltern und der Vater von meinem Partner werden auch kommen. Außerdem die Taufpatin von meiner ältesten Tochter. Ich freue mich auf das Fest und meine Gäste und alle lieben Menschen um mich herum.

Heute, der 05. Juli;

jetzt spreche wieder ich (Sahra).

Ich habe jetzt keine Lust mehr, den Roman weiterzuschreiben. Gar keine mehr. Du kannst den Roman gerne zu Ende schreiben. Wenn ich ein Lehrbuch wäre, dann wäre das nun die Aufgabe von mir an dich. Du darfst auch gerne dein Leben aufschreiben. Dich als Hauptperson hernehmen. Oder andere Menschen, die dir was bedeuten. Vielleicht hast du ja schon ein Tagebuch, Facebook, Fotoalben, Filme, Gegenstände und sonstige Aufzeichnungen, die dein Leben dokumentieren. Es gibt so viele Möglichkeiten, Spuren im Leben zu setzen oder auch zu verfestigen. Das ist dein Leben. – Weshalb ich abbreche? Ich kann mich gerade gar nicht in Elisabeth hineindenken. Ich habe keine Empathie für ihr Leben und ihre Gedanken. Ich bin immer noch Single. Meine Kinder sind jünger als Elisabeths Kinder und ich bin in einer ganz anderen Lebensphase. Meine 11-jährigen Zwillinge werden im kommenden Schuljahr getrennt. Wegen Latein, Note 6, rückt Tobi nicht in die nächste Klasse vor. Für mich zwar kein Weltuntergang, aber dennoch ein kleines Drama. Und das wegen diesem blöden Latein. Latein ist ja sinnvoll. Es leiten sich viele Wörter aus dieser Sprache ab. Auch die Philosophie hatte einen gewaltigen Einfluss auf unser Kultur- und Geistesleben. Auch die anderen Errungenschaften. Und nun schafft mein Sohn wegen Faulheit dieses Schuljahr nicht. Ich bin echt sauer. Sauer auf ihn. Auf seine Faulheit. Auf mich. Weil ich keine Kraft mehr hatte, ihn abzufragen. Weil mich der Inhalt des Latein-Buches fast zu Tode aufregt. Gleich bei der Gründung von dieser Sprache und zur Gründung Roms bringt Romulus seinen Zwillingsbruder um. Grausam. Und das muss mein kleiner Schatz noch auf Lateinisch lernen. Meine Zwillinge sind ein Herz und eine Seele. Helfen sich im Normalfall. Natürlich streiten sie auch heftig. Eine blutige Nase hat sich Tobi beim Gerangel mit seiner Zwillingsschwester auch schon geholt. Da flippte ich dann aus und schimpfte. Und das letzte Mal, als ich ins Buch schaute, lernten sie den Wortschatz zum Raub der Sabinerinnen. Schreckliche Vokabeln. Dazwischen lernte er noch die Götterphilosophien und die hanebüchenen Vorstellungen über die Sklavenhaltung und den Umgang mit den Frauen und Kindern. Einen Kaiser verehrten sie auch und ließen sich von dem diktieren. Von den Kriegszügen und der sinnlosen Gewalt will ich ja gar nicht mehr berichten. Das ganze Lehrbuch ein Schauermärchen. Und in meinem 8. Buch schrieb ich ja, dass ich mir nur noch schöne Schlagzeilen und schöne Texte wünsche. Und ausgerechnet das Lehrbuch und die Vergangenheit machten mir da einen Strich durch die Rechnung. Und nun die Trennung. Papa meinte, dass die Zwillinge dadurch vielleicht selbstständiger werden und ihr eigenes Leben führen. Das kann schon sein, aber die beiden hängen schon sehr aneinander. Tobi heulte. Nina auch. Beide sind gerade im Landschulheim und Michaela, meine älteste Tochter, geht nun auch ihren eigenen Weges. Sie besucht gerade ihren Freund Ali und im September wird sie ein soziales Jahr an einer Schule absolvieren. Ich bin deswegen von Nürnberg aufs Land gefahren und sitze bei meinem Papa im Garten auf einem Liegestuhl und tippe. Normalerweise tippe ich auf dem Sofa. Im Schatten gefällt es mir auch. Die Bienen summen um mich herum und die Vögel zwitschern. Es ist ruhig und beschaulich. Ich schaue den schönen Garten an und die Insekten. Ich freue mich an den Johannisbeeren und an den Himbeeren. Ich bleibe bei dem Rosenbogen hängen, der aus dem Garten führt. Der Bogen ist über und über mit pinken Rosen behangen, die fröhlich in die Sonne leuchten. Papa sagt, dass er den Stock jeden Tag gießt, sonst würde die Blütenpracht wegen der Trockenheit verwelken.

Gestern war ich noch in Nürnberg. Ich mache im Bildungszentrum gerade einen Literaturkurs als Teilnehmerin mit. Wir sprechen eine Stunde über ein Buch und deren Autor oder Autorin.

Das letzte Mal ließen wir ein Buch lebendig werden, in dem in den 68er-Jahren ein Mann seine Freundin zur Abtreibung zwang. Ich fand dieses Frauenbild des Autors und der Figuren schrecklich. Richtig verachtend der Frau gegenüber. Zumal es ja keinen triftigen Grund für die Abtreibung gab. Beide hatten Sex. Und da ist eine Schwangerschaft möglich. Gewollt oder ungewollt. Überhaupt bin ich immer noch Single und das Thema Sex ist ein sensibles Thema für mich. Immer noch. Für mich startet eine Partnerschaft mit Verliebtsein, Kuss und Sex. Das ist der Beginn. Nicht für alle Menschen selbstverständlich. Leider. Und dass ich immer noch Single bin, ärgert mich sehr. Zumal ich in der heutigen Zeitung, der FLZ vom 5. Juli 2018 auf der 1. Seite steht, dass vor einem Jahr die Meldepflicht für Prostituierte eingeführt worden ist. In Bayern haben sich bis heute 2200 Frauen und Männer registrieren lassen. Davon in Nürnberg 660. Im Innenteil erfahre ich, dass sich auch ein geringer Prozentsatz von Männern hat registrieren lassen. Ich bin außer mir. Ich frage mich echt, was bei mir schiefläuft, dass ich keinen Partner finde. Und was bei den Männern schiefläuft. Und was das soll, dass sich Frauen als Triebabstreiferin benutzen lassen? Erstens wollte ich das nicht machen. Zweitens hat Gott die Frau nicht dafür geschafften. Und die Männer ja auch nicht. Das schrieb ich ja schon in den Büchern 1–7. Und das in einer christlichen oder christentümlichen Gesellschaft. Irgendwie wurde da das Wort Gottes überhaupt nicht verstanden und wird nicht verstanden. Und die Emanzipation des Mannes, sich nach den Wünschen der Frauen und deren Empfindungen und Wunsch nach einer Partnerschaft zu orientieren, steckt noch in den Kinderschuhen. Und ich frage mich, was bei mir an Flirtfähigkeiten fehlt, um einen Mann anzubaggern. Oder er mich. Obwohl ja manchmal schon notfallähnliche Situationen eintraten, wenn ich von meinen drei Kindern erzählte. Ich bin da sprachlos. Ich kann dazu nichts mehr sagen. Sagte ja schon so viel zum Geldwesen. Das, meiner Ansicht nach, diese hanebüchenen Situationen auslöst. Ich frage mich auch, wer sich in mich einfühlen kann. Es sind nur wenige. Mit dem Einfühlen ist es manchmal schon recht schwer. Ich kann es ja gerade bei der glücklichen und zufriedenen Elisabeth auch nicht. Und ich frage mich, wie ich meinen Sohn wohl am besten erziehe, so dass er einmal eine glückliche Partnerschaft führen wird. Stefan und ich sind ja keine Vorbilder. Und das finde ich auch sehr schade.

Ich denke nochmal über meine Kinder nach. Michaela schenkte mir vor Kurzem ein Türschild. Darauf steht: „Hotel Mama. Kalte und warme Speisen und Getränke. Sämtliche Reinigungsarbeiten. Beratungen bei Problemen aller Art. 24-Stunden-Kurierdienst. Finanzierungen und Dienstleistungen." Ich musste schmunzeln. Meine Familienarbeit wird ja nicht entlohnt. Dafür gibt es in unserer Gesellschaft Leute, die sich ihre Lohntabellen selber machen und meinen, sie können ihre Wichtigkeit geldlich bewerten. Sogar überbewerten, gegenüber den Löhnen von anderen. Das ist mit einem christlichen Menschenbild nicht vereinbar. Alle Menschen sind da eine Familie und Kinder Gottes. Ich weiß, ich bin in der Wiederholungsschleife. Aber leider erzählen ja die wenigsten Bildungseinrichtungen, dass wir Kinder Gottes sind. Sie erzählen stattdessen von Leistungen. Dass diese Leistungen eigentlich für Menschen sind, die ihnen dann dieses Geld auch zugestehen, wird selten bedacht. Es werden manche Menschen durch Vorenthalten von Arbeit und niedrigen Löhnen zum Deppen gemacht. Völlig gemein. Voll daneben. Da wurde mal wieder das Evangelium nicht gelesen.

Auf der Seite 2 der heutigen Zeitung steht, dass Einsamkeit gar nicht so oft vorkommt. Auf Seite 2 steht zum Beispiel: „Es klingt paradox: Alleine sein in der Natur hilft gegen Einsamkeit, weil dann die Grübeleien weniger werden und das mehr Offenheit für andere bedeutet." Weiter heißt es: „Einsamkeit kommt gar nicht so oft vor. Selbst im Alter fühlen sich nur wenige Menschen alleine gelassen – Soziale Netzwerke helfen auch Senioren." Ich bin froh und glücklich, Mutter zu sein und Familie und Freundinnen zu haben. Einsam fühle ich mich nur im Bett. Und das ist aber schon richtig schlimm. Die Sozialpädagogin Meike Lezius sagt in der Zeitung, dass Kommunikation mit anderen das wichtigste Mittel gegen Krisen ist. Der Arzt Manfred Spitzer betrachtet

Einsamkeit als eine möglicherweise tödliche Krankheit. Und ich bekomme Tipps, wie sich Isolation am besten verhindern lässt. Mit Kontakten und Freundschaften. Aber auch musizieren, singen und tanzen. Tanzen liebe ich ja sehr. Auf dem Plakat vom Discofoxtreff, bei dem Papa und Hedwig manchmal hingehen, steht: „Tanzen kann nicht die Welt retten. Aber ab und zu deine Seele." Diesen Spruch merke ich mir. Und Papa meint oft scherzhaft: „Beim Tanzen darf der Mann noch Mann sein. Er führt, sie folgt!" Beim wirklichen Tanzen wechseln sie manchmal die Rollen und in ihrem Leben schauen sie auf Gleichberechtigung und gegenseitige Mitsprache. Sie sprechen sich, in meinen Augen, auch schön ab über die Alltagsangelegenheiten.

Jetzt komme ich wieder zum eigentlichen Aufreger. Ich kann mich aber schon gar nicht mehr richtig aufregen. Selbst dazu fehlt mir die Kraft. Es ist die Titelschlagzeile der Zeitung. Sie steht auf Seite 1 oben: „Wüstenklima in der Region. Seit Wochen wird Bayern von Hitze beherrscht. Die Felder sind trocken, die Pegel der Wasserspeicher extrem niedrig, die Waldbrandgefahr ist riesengroß. Auch ein oder zwei Tage Regen werden daran nicht viel ändern." Auf Seite 15 erfahre ich: „Ackern auf staubtrockenen Feldern. Die anhaltende Dürre im Freistaat ist schon jetzt mit der im Rekordsommer von 2003 vergleichbar." „Luftfeuchtigkeit fast so niedrig wie in Afrika." Es heißt: „Für den gemütlichen Grillabend oder die morgendliche Joggingrunde ist das derzeitige warme, aber nicht schwüle Wetter ideal, doch die Natur hat immer mehr mit der Trockenheit zu kämpfen. Den Landwirten drohen Ernteeinbußen, vor allem aber ist die Waldbrandgefahr inzwischen extrem hoch." Mich schüttelt es. Ich mache mir richtige Sorgen. Im Jahr 2003 war es wirklich sehr heiß. Bei Papa in der Gegend brauchten die Grundwasserstände 10 (!!!) Jahre um sich zu erholen. Und wie lange brauchen sie jetzt, um sich zu erholen? Wird es in Zukunft wieder mehr regnen? Und was kann ich gegen diese Zustände tun?

Gestern Abend goss ich Opas Garten. Die Tobinamburpflanzen ließen ihre Blätter hängen. Heute schauen sie, dank meiner Bewässerung, wieder total gut aus. Ich goss sogar die Rosen. Teilweise waren die Blüten am Strauch in voller Blüte vertrocknet. Ich bin seelisch ziemlich fertig deshalb. Danach saßen Papa, Hedwig und ich noch im Garten und ratschten. Es waren einige Sterne am Himmel zu sehen. Ein Käfer setzte sich neben mich. Manchmal stach mich eine Schnake. Total lästig. Angesichts der Tatsache, dass in den letzten 30 Jahren durch Spritzmittel und andere Schadstoffen 70 % aller Insekten verschwunden sind, freut es mich, dass es diese Tierchen noch gibt. Diese unglaubliche Zahl muss ich mal verdauen. Mir wird ganz schlecht davon. Opa machte das Gerät mit Habicht- und Falkengeräuschen an, um die Sauerkirschen zu schützen. Diese Geräusche vertreiben die gefräßigen Stare, die manchmal in Scharen kommen. Diese Geräusche sind künstlich. Aber interessant. Die echten Vogelstimmen mag ich viel lieber. Aber die Geräusche sind effektiv. Im Übrigen gibt es auch manchmal einen Falken im Garten. Im Frühjahr hatte ich im Garten ein besonders Erlebnis mit einem Falken. Ich war dabei, den Gemüsegarten umzustechen. Weil so viel Gras wuchs, nahm ich einen Eimer, stellte mich breitbeinig hin und zog das Gras aus dem Boden. In dieser Position verharrte ich einige Zeit. Hinter mir war die Buchshecke und dahinter ein Strauch. Plötzlich machte es ein Geräusch und ein großer Vogel flog durch meine Beine und streifte mit seinem Gefieder meine Hose und meine Haut. Es fühlte sich total zart an. Und dieses Geschrei ging weiter. Ein Habicht stürzte sich auf eine Amsel und beide verfolgten sich in der Luft. Ich war ganz verdattert. Checkte erst jetzt, dass mich ein Falke berührt und er sich die Amsel als Beute auserkoren hatte. Beide flogen davon und ich konnte nicht erkennen, ob er Erfolg hatte oder die Amsel. Ich hätte es gerne gewusst. Es war mir leider nicht vergönnt, es zu erfahren. Das war für mich ein besonderes Erlebnis. Ich konnte mir nicht mal im Traum vorstellen, dass einmal ein Falke durch meine gegrätschten Beine fliegen wird. Echt cool.

Neben mir liegt wieder ein Buch von F. Lenoir. Es ist im Piper-Verlag erschienen und heißt: „Sokrates Jesus Buddha. Die Lebenslehrer." Punkte sind allerdings nicht im Titel. Sie sind von mir eingebaut. Mit der absoluten korrekten Wiedergabe habe ich es manchmal nicht so. Dafür sehe ich das Schreiben und Rechtschreibfehler als Kunstform. Vereinfacht manches im Leben, ist aber schon sehr frech und dreist. Finde ich schon auch. Aber was soll's. Es gibt Wichtigeres im Leben. Und letztendlich zählen dann doch nur die Realität und das Leben an sich. Ich erfahre gleich zu Beginn des Buches drei Weisheiten von diesen drei Lebenslehrern. Die Seite hat keine Ziffer. Sokrates meinte: „Nicht das Leben ist das zu erstrebende höchste Gut, sondern das gute Leben." Jesus meinte: „Geben ist seliger als nehmen." Und Buddha erzählte den Leuten: „Entstandene und die zum Dasein drängen. Die Wesen alle: Glück erfüll' ihr Herz!" Im ersten Teil des Buches erklärt der Autor, wer die drei sind. Im Teil 2 geht der Autor der Frage nach, was sie uns sagen. Er kommt zu dem Schluss, dass sie sagen: „Du bist unsterblich. Suche die Wahrheit. Gehe in dich selbst und werde frei. Sei gerecht. Lerne zu lieben." Das sind schon tolle Ansagen. Wow. Und Jesus ist ja für mich ein Gott und die Intelligenz schlechthin. Er ist ein wunderbarer Ratgeber und Friedensfürst. Er ist Sinngeber. Sein ganzer Charakter ist mit positiven Worten besetzt. Er gibt lebendige Worte. Er gibt Verhaltensmuster und Lebenshilfe. Er möchte die Menschen zum Guten bewegen und führen. Er will ein friedliches und liebevolles Miteinander und soziale Gemeinschaft. Er selbst lebte friedlich. Und er wurde zum Ankerpunkt der Geschichte der Menschheit. Sogar die Zeitrechnung ging von seiner Geburt aus. Das Jahr seiner Geburt war das Jahr 0. Eine neue Welt wurde mit ihm geboren. Eine Welt des Teilens und der Nächstenliebe. Zumindest soweit, wie Menschen seine Botschaft verstanden und sich daran hielten.

Mit dem Lieben der Menschen tue ich mich schon manchmal schwer. So wie mit dem Einfühlen. Und in mich wird sich auch nicht immer eingefühlt. Freunde und Verwandte machen das schon. Mein letztes seelisches, großes Problem war, dass ich nie passende BHs von der Stange für mich finde. Es werden einfach keine BHs in meiner Größe produziert. Und meine Schneiderin ändert die immer für mich ab. Sie macht es immerhin so gut, dass ich jede Sportart machen kann, so dass der BH nicht verrutscht

25

und der Busen fest an meinen Körper gepresst wird. Dadurch tut mir der Busen nicht weh und Purzelbäume und Handstände an die Wand sind problemlos möglich. Allerdings schafft sie es nicht, dass der BH optisch gut ausschaut. Das ist jedoch egal. Unter den Klamotten sieht es eh niemand. Ich finde es halt für mich schade. Aber eigentlich ist ja die Optik egal, weil ich ja ein gutes Körperfeeling habe. Weswegen ich manchmal von meiner Umwelt wegen meiner BH-Größe blöd angesprochen werde und hinter meinem Rücken blöd getuschelt wird, ist mir ein Rätsel. Schließlich wurde ich ja von Gott so geschaffen. Und soll auch so sein. Es nervt mich ohne Ende. Da fehlt es doch an Einfühlung. Zumal ich ja an den Busenzeitschriften erkenne, wie interessant ein Busen sein kann. Nochmal zur Erinnerung: Es ist totes Papier und da sind Bilder von Busen abgebildet. Und Männer kaufen das. Ich selber habe aber wenig Gelegenheit zum Flirten. Es macht mich selten ein Mann an. Das verstehe ich nicht. Und dann nochmal zu den Strapsen, die die Damen manchmal auf diesen Zeitschriften anhaben. Ziemlich verspielt und total überflüssig. Wahrscheinlich sollen sie den Mann antörnen oder will sich die Frau einfach sexyer machen, als sie wirklich ist? Keine Ahnung, wie sich die Geschichte der Unterwäsche entwickelte. Ich bestellte mir erst ein Buch dazu und habe es noch nicht. Bestimmt ein interessantes Thema. Fakt ist, dass ich kaum Frauen kenne, die meine Körbchengröße haben. Auf Neudeutsch meine Cup-Größe und wenn sie einen großen Busen haben, machen sie kaum Sport. Und ich weiß genau warum: Es wird sich nicht die Mühe gemacht, geeignete Sport-BHs zu produzieren. Angeblich haben die Frauen so oft Rückenschmerzen und müssen sich dann einer Operation zur Verkleinerung der Brüste unterziehen. Meine These ist, dass sie nicht, von Anfang an, richtige BHs tragen können und mit falschen BHs können sie tatsächlich keinen Sport mit Freude ausführen. Mich ärgert es so, dass bisher keine BHs von der Stange für mich produziert werden. Ich hätte auch gerne eine große Auswahl und würde es gerne als selbstverständlich ansehen, dass Frauen große Busen haben und das dann auch ästhetisch ist. Meine Umwelt signalisierte mir oft das

Gegenteil. Ich weiß nicht, woher dieses falsche Körperbild herrührt. Es ist eine Frechheit der Frau an sich gegenüber. Jede Frau ist perfekt. Sowas versetzte mich schon oft in einen schlechten Seelenzustand. Mit Selbstbewusstsein rappelte ich mich wieder auf. Mein Papa unterstützt mich da schon. Schließlich ist er mein Papa. Er meinte, ich solle noch zusätzlich abnehmen. Dann wird auch der Busen kleiner. Aber das ist schwer. Und am Busen nehme ich zuletzt ab. Und dass sich in meine seelische Notlage jemand einfühlen kann, hoffe ich. Wenn es bisher wichtig gewesen wäre, gäbe es BHs von der Stange und Verkäuferinnen wären für dieses sensible Thema geschult. Zu diesem Thema könnte ich noch viel schreiben. Ich schließe es hiermit ab und bete für Veränderung.

Es gibt noch genauso wichtige Themen. Ja. Darum gibt es das Buch vom Blauen Goldpreis. Es sagt, dass wir mit unserem Denken die Wirklichkeit kreieren. Und wie will ich die denn genau kreieren?

Ich hole mal meine Bilanzierungs- und Buchhaltungsbücher.

Die Bilanz. Es gibt ja viel Bilanzierung. Sei es meine Lebensbilanzierung. Meine Kontobilanzierung. Die Firmenbilanzierung und die Bilanzierung des Blauen Goldpreises. Meine Lebensbilanzierung. Ich könnte sie machen. Mache es nicht. Will ich gerade nicht. Ich bin im Großen und Ganzen mit meinem Leben zufrieden. Die ganzen Haken sind in dem Buch aufgeführt. Soll und Haben.

Jetzt unterbreche ich meinen Gedankenfluss: Denn Hedwig möchte mit mir kochen. Es ist bereits 12 Uhr und wir sind spät mit dem Mittagessen dran. Sie hat vom Garten Gurken, Zucchini, Kohlrabi, Frühkartoffeln, Himbeeren, einige Stachelbeeren und Johannisbeeren geholt. Den Stachelbeerenstrauch pflanzte Papa erst im Frühjahr. Er pflanzt immer wieder neu und zieht kaputte Stauden oder alte Bäume heraus. Er ist da immer eifrig und kümmert sich intensiv um eine fruchtbringende Gestaltung seines Gartens. Wir machen Pellkartoffeln, braten die Zucchinischeiben in heißem Leinöl an und würzen sie mit Salz und Pfeffer. Darüber legen wir ein paar Scheiben Käse und lassen sie zerlaufen. Außerdem kochen wir Kohlrabigemüse und machen einen Gurkensalat. Dazu hole ich noch Dill aus dem Garten. Als Nachtisch backen wir Waffeln im Waffeleisen. Richten die Beeren und schlagen Sahne. Nebenbei legt Hedwig ihre Lieblings-CD ein. Es ist die CD „Glück" von Sefora Nelson. Hedwig hält die Frau für ein kleines Genie. Sie liebt ihre Lieder über alles. Hedwig weist mich auf ihr Lieblingslied hin und singt es mit. Es ist das Lied „Ich liebe dich" und dauert 4,52 Minuten. Ich bin auch ganz fasziniert von dem Text, der ein Liebeslied ist. Die Sängerin erzählt in dem Text, wie viel ihr ihr Lebensgefährte bedeutet. Ihr Leben wird durch diesen wunderbaren Menschen verschönert und bereichert.

Mich fasziniert auf dieser CD das Lied „Wunder" besonders. Ich höre es mir mehrmals mit Hedwig an, so dass ich mitsingen kann. In dem Lied sieht die Texterin das Leben als ein Wunder an. Und sie bittet Gott um ein Wunder.

Wir singen das Lied dreimal mit. Ich hoffe auch auf ein Wunder. Auf einen langen Regen. Sehr lang. Es soll jedoch kein Starkregen werden, denn dieser richtete auf den Feldern der Nachbardörfer vor ein paar Wochen richtig Schaden an. Es hagelte auch.

Papa pflückt in der Zwischenzeit die Sauerkirschen. Denn wir erwarten Tante Frieda zum Mittagessen und zum Teekränzchen. Sie möchte aus den Sauerkirschen Marmelade kochen und einen Sauerkirschkuchen backen. Außerdem will sie auch welche einmachen für Schwarzwälder Kirschtorte.

Frieda kommt und wir essen. Sie bringt Zeitschriften vom Kiosk, in dem sie aushilft, und einen Katalog mit. Wir essen im Garten und reden. Es kommt nun ein kühler Wind und dunkle Wolken ziehen am Himmel auf. Wir erwarten den gewünschten Regen und gehen ins Haus. Und tatsächlich: Es kommt ein starker Wind; der Himmel verfinstert sich; es wird außen ziemlich dunkel. Die Nachbarn schließen ihre Tore. Wir bringen das Geschirr und die Kissen ins Haus. Und es fängt ziemlich stark zu regnen an. Der Wind peitscht die Tropfen an die Fenster an der Südseite des Hauses. Ich bin so froh. Ich bin so glücklich. Jetzt ist das erhoffte Wunder sichtbar. Ich freue mich sehr. Ich werde später im Regenmesser sehen, was uns der Himmel schenkte. Es donnert und blitzt auch. Es ist ein Gewitter. Wir machen das Licht im

Wohnzimmer an. Sonst würden wir kaum was sehen. Es ist jetzt gerade 15.30 Uhr. Ich hoffe, es regnet sich ein und regnet und regnet und regnet. Ich bin gespannt. Papa und Hedwig halten einen Nachmittagsschlaf. Frieda und ich fangen in der Küche an, die Kirschen mit der Hand zu entkernen. Als Kind machte ich mit ihr oft Kirschkernweitspucken im Garten. Ich lenke mich ab und nehme die Zeitschrift „Emotion" in die Hand. Auf der ersten Seite steht: „Habe ich zu viel Empathie? Psycho-Test: Ab wann muss ich mich abgrenzen?" Auf Seite 39 geht es weiter: „Mitgefühl ist gut, aber seit neuestem weiß man: Zu viel davon kann auch schädlich sein. Wenn wir uns nicht genug abgrenzen können. Unser Test zeigt Ihnen, wo Sie stehen und ob Sie sich schützen müssen." Im Text heißt es: „Das Wort suggeriert Sensibilität, Einfühlungsvermögen, Wohlwollen. Sogar trainieren lässt sie sich. Sie soll uns zur besseren Chefin, verständnisvolleren Partnerin oder liebevolleren Partnerin oder liebevolleren Mutter machen. Es gibt Leute, die glauben, dass Empathie das einzige Heilmittel gegen den wachsenden Narzissmus und Egoismus in der Welt ist. Aber Empathie kann auch schädlich sein – für uns selbst und andere. Sie kann zum Burn-out führen und zur emotionalen Entfremdung. Ja, was denn nun? Ist Empathie nun ein Allheilmittel oder doch ein schleichender Energiefresser?" Frieda und ich machen den Test und reden über den Artikel. Das Ergebnis will ich gerade nicht mitteilen. Ich bin jetzt zu verschlossen dazu. Es ist gerade ein Überforderungsthema für mich. Ziemlich zum Schluss heißt es in dem Artikel: „Darauf kommt es am Ende doch an: dass wir Konflikte konstruktiver lösen lernen. Mitgefühl kann da einen großen Betrag leisten." Mir ist es jetzt zu anstrengend, das Thema intensiver anzugehen. Frieda zeigt mir in dem Pranahaus-Katalog ein Buch. Es heißt in der Buchbeschreibung: „Reise in das Bewusstsein anderer. Dawn Baumann-Brunke: ‚Ich schlüpfe in deine Haut' – Um sich mit dem Bewusstsein von Tieren, Pflanzen und anderen Lebens- und Energieformen buchstäblich ‚hautnah zu verbinden', geht die Autorin neue und zugleich uralte Wege, die schon den Ureinwohnern wohlvertraut waren. Fesselnd schildert sie, wie wir mit

‚Shapeshifting'-Bewusstseinsverlagerung in eine andere Gestalt am essentiellen Wesen und Wissen anderer Lebensformen, ihrer und unserer Multidimensionalität teilhaben können." Ich bin baff. Dieser Aspekt war mir ganz neu. Ich werde mich da mal einlesen. Heute früh dachte ich noch an das Kiefersterben, als ich mir Gedanken um unser Wetter machte. Jeder Baum ist ja wertvoll. Und begleitet mich von der Wiege, über das Bett, über den Tisch, über den Dachstuhl, über den Boden, über alle Möbel, Fenster, bis hin zum Sarg. Und da dachte ich, dass ein Baum sehr wertvoll ist; eine wunderbarer Kreation unseres Schöpfers. Außerdem gibt er mir Sauerstoff, ist unsere grüne Lunge und auch Brennmaterial. Und wenn der Baum umgesäbelt wird, ist es schon auch traurig. Aber wenn er verdurstet, ist es ja eine richtige Katastrophe. Ich sah nur den Nutzen des Baumes für mich und andere und für die Tiere usw. Dass ich mich nun auch mit dem Baum verbinden und in ihn einfühlen soll, überfordert mich heute auch total. Ich weiß mal wieder nicht, was ich denken soll und will. Ich lese noch ein paar Artikel der Augustausgabe 2018 dieser Zeitschrift. Auf der Vorderseite steht: „100% echtes Leben." Ich schlage die Zahl 100 nach. Sie ist irgendwie eine vollkommene Zahl. Ich schaue unter Wikipedia nach. Im Labyrinth des größten Onlinehändlers schaue ich nach Büchern, die diese Zahl beinhalten. Ich lese die Inhaltsangabe vom Buch „100 Jahre BWL in Deutschland. 1898–1998" von Prof. Dr. Michael Lingenfelder. Jetzt sind es 120 Jahre, seit es diese BWL gibt. Ich habe Lehrbücher vor mir liegen. Die Zahl 100 dient auch als Umrechnungsfaktor, um Teile anzugeben. Prozent heißt „von 100". Die Rechenmaschine der Kinder hat Holzkugeln. Es sind 10 x 10 Holzkugeln drauf. Mit diesem Abakus lernten sie rechnen. Nach Celsius kocht bei 100 Grad das Wasser. Bei 0 gefriert es. 100 ist für mich eine absolut spannende Zahl.

Es ist jetzt kurz vor halb fünf Uhr und es regnet immer noch. Ein Fenster ist undicht und es kommt ein wenig Wasser ins Wohnzimmer. Das wird Papa richten lassen müssen. Es ist das erste Mal, dass Wasser durch das Fenster in das Haus kommt. Ich erkenne, wie wichtig eine gute Bauweise ist. Und dass alles immer gut erhalten bleiben soll. Das ist schon auch eine Aufgabe, die Kraft kostet. Abends schaue ich im Regenmesser nach. Es regnete 32 Liter auf den Quadratmeter. Ein kleiner Durstlöscher für die Natur. Später sehe ich, dass es noch ein paar Liter mehr geregnet hat.

Aus Langeweile nehme ich nochmal die heutige Zeitung, also vom 5. Juli 2018, her. Auf der Weltspiegel-Seite sehe ich einen Artikel über vergessene Wörter. Es heißt: „Wer sagt heute noch ‚Schabernack‘, ‚hanebüchen‘, ‚fürbass‘ oder ‚Mumpitz‘? Viele Wörter, die einst zum ganz normalen Sprachgebrauch gehörten, sind inzwischen fast in Vergessenheit geraden." Ich erfahre, dass Katharina Mahrenholtz 100 „vergessene Wörter" in einem kürzlich im Duden-Verlag erschienenen Buch zusammengestellt und ihre Bedeutung beleuchtet hat. Der Artikel erklärt mir die Herkunft des Wortes „hanebüchen", dass ich oben so oft benutzte. Ihren Ursprung hat „hanebüchen" im Namen der Hainbuche. Die Hainbuche ist ein Baum mit sehr knorrigem Holz. Daraus leitete sich das Adjektiv „hainbüchen" ab. Im 18. Jahrhundert wurde das Wort zu „hanebüchen". Seine Bedeutung wandelte sich gleichzeitig zu „absurd" oder „unerhört". Mir wird auch das Wort „Schabernack" erklärt. Es stammt aus der Zeit des 14. Jahrhunderts, als Till Eulenspiegel seine Streiche spielte. Ich finde das Wort „Schabernack" vom Klang her total witzig. Frage mich gerade, ob Gott mir und anderen Menschen mit dem Regen einen „Schabernack" spielt. Oder sich die Menschen wirklich diesen Streich durch eine hausgemachte Klimaveränderung spielen. Ich erfahre, dass auch Sprache im Wandel ist. Das Leben und die Natur und die Technik ändern sich ja ständig. Sprache ist auch ein Kennzeichen für eine bestimmte Zeit. Und es kommen immer neue Wörter hinzu. Der Duden wird immer umfangreicher. Der Artikel erklärt, dass auch in der Grammatik Dinge verloren gehen. Etwas das Dativ-e wie bei „dem Manne" oder „dem Buche". „Dem trauert wohl niemand nach", meint die Wissenschaftlerin Frau Wich-Reif im Text. Ich bin mal gespannt, wie sich das Leben und die Einstellungen der Menschen verändern und damit die Sprache. Und ob in Zukunft mehr aktiv gesprochen wird und das „Passive" auch verschwindet. Weil, es gibt ja immer Menschen, die was tun. Dies sollte in der Sprache mehr zum Ausdruck gebracht werden. Ich verwendete ja das Passiv auch kurz mit „wurde" und „werden". Aber eigentlich gebrauchten ja Menschen das Wort. Mal mehr oder weniger. Mir fällt dazu ein Hefteintrag von Nina im Fach Biologie ein. Die Kennzeichen von Lebewesen werden mit Wachstum, Stoffwechsel, Fortpflanzung, Bewegung, Reizbarkeit, Veränderung und Aufbau aus Zellen definiert. Diesem Lebewesen Mensch und seinen Gefühlen passt sich auch die Sprache an. Und ich meine, dass die Gefühle und das Hören auf die positiven eigenen Gefühle, der Schlüssel für Verhaltensänderung beim Menschen sind.

Mittwoch, der 11.07.2018

Ich bin mal wieder bei Opa. Die Kinder sind gerade bei Stefan. Opa lässt das tropfende und damit undichte Fenster, von einem Maler reparieren. Er wird Kitt in die Fensterfugen schmieren. Außerdem streicht er die alten Holzfenster und bessert die maroden Stellen bei den, insgesamt noch gut erhaltenen Fenstern, aus. Das ist dringend nötig, sonst fängt das Kiefernholz mal zu faulen an. Ich räume mit Hedwig und Opa die Sachen von dem Sims ab. Und helfe beim Putzen und Wiederhinstellen. Manche Fenster müssen komplett von außen abgeschliffen werden. Teilweise auch von innen. Da staubt das ganze Zimmer ein. Ich bin froh, dass Opa einen professionellen Handwerker engagiert hat. Ich könnte das gar nicht. Und würde mich mit der Leiter auch nicht zu den höheren Fenster hinaufsteigen trauen. Der Mann hat meinen ganzen Respekt. Er macht eine Sisyphusarbeit und arbeitet filigran. Dazu braucht er eine innere Ruhe und Geduld. Und außerdem soll er noch zügig arbeiten. Das Ganze wird eine Woche dauern. Ich wohne also auf dem Land und kann nebenbei noch schreiben. Was mir auffiel, war, dass Papa nicht alle Fenster bewusst kannte. Als wir dem Streicher die Fenster zeigten, damit wir einen Kostenvoranschlag vereinbaren konnten, vergaß er das Garagenfenster und das Stadlfenster. Ich erinnerte ihn daran und er leugnete die Existenz. Wir gingen in die Räume und ihm fielen sie auf. Ob das wohl eine leichte Altersdemenz ist? Oder ist ihm gar nicht alles bewusst, was er hat? Auf jeden Fall haben es die Fenster dringend nötig, gestrichen zu werden. Die Garage war ganz früher ein Austragshäusle. Dann Schweinstall und nun Garage. Und das Fenster ist uralt. Es ist aus Kiefernholz und weiß lackiert. Auf beiden Seiten kann ich die Flügel öffnen. Jeder Flügel ist in zwei Scheiben unterteilt. Und ein Scheibchen kann ich extra öffnen und den Kopf herausstrecken. Schon raffiniert, wie die Menschen damals bauten. Allerdings ist ein Brett von diesem tollen Fenster total morsch. Ich bin sauer und schimpfe Opa, dass er so ein handwerkliches Meisterstück so hat verkommen lassen. Und Opa bessert das Fenster mit neuem Holz aus, so dass der Maler darüberstreichen kann. Die Garage selber ist ein kleines Fachwerkhäuschen und Papa malte die Hausnummer 9 darauf. Diese 9 ist von der Straße einsehbar. Ich denke, dass das Fenster so etwa 1 x 1 Meter groß ist. Genaueres müsste ich ausmessen.

Auf dem Dachboden finden wir Rahmen mit Bildern und einen Holzspiegel. Dieser hing immer in Mamas Bügelzimmer. Sie verbrachte noch viel Zeit mit Bügeln. Ich kaufe bügelfreie Wäsche und lege alles nur noch zusammen. In dieser Hinsicht bin ich wirklich unkompliziert. Ich schaue in den Spiegel hinein. Es fällt mir plötzlich ein Lied von der Krabbelgruppe ein. Es stammt aus dem Arbeitsbuch „Gott kennenlernen von Anfang an. Den Alltag von Babys und Kleinkindern mit Gott in Verbindung bringen". Von Jutta Steckler, Doris Braun, Ulrike Heitzer. Ich sang dieses Lied immer mit den Kindern vor dem Spiegel im Wohnzimmer, wenn ich bei Opa zu Besuch war. Der Text von Margret Birkenfeld lautet: „Guck mal in den Spiegel, sag, das bin ich! Mein Vater im Himmel, er liebt grad mich! Mein Vater im Himmel, er liebt grade mich!" Dazu haben die Kinder immer in den Spiegel hineingeschaut. Manchmal sangen wir auch dieses

Lied von Maria Wück mit dem Spiegel: „Gott hat dich gemacht, schaue dich nur an. Ja, er hat dich schön gemacht. Gott hat dich gemacht, schaue dich nur an. Ja, er hat dich schön gemacht." Und zum Thema Glück hatten wir auch beglückendes Lied. Es fällt mir gerade wieder ein. Der Text steht auch in diesem Buch und wurde nach einer mündlichen Überlieferung aufgeschrieben. „Ich bin glücklich, ich bin glücklich am Sonntag, Montag, Dienstag, Mittwoch, Donnerstag, Freitag, Samstag. Ich bin glücklich, ich bin glücklich, denn Jesus ist mein bester Freund. Lies die Bibel, lies die Bibel, am Sonntag, Montag, Dienstag, Mittwoch, Donnerstag, Freitag, Samstag. Lies die Bibel, lies die Bibel und lass sie sein dein bestes Buch. Bete täglich, bete täglich, am Sonntag, Montag, Dienstag, Mittwoch, Donnerstag, Freitag, Samstag. Bete täglich, bete täglich, denn Jesus Christus hört Gebet."

Ich sehe nun in einem Rahmen ein gemaltes Jesusbild. Ich vermute, das Bild ist etwa 100 Jahre alt. Darauf steht: „Das heilige Grab Christi." Das in verschiedenen Sprachen. Darauf ist der tote Jesus gemalt. Er liegt auf weißen Tüchern und ist nur mit einem weißen Tuch um den Unterkörper bekleidet. Sonst ist er nackt. Er hat einen goldenen Heiligenschein. Zwei weibliche, mit langen Gewändern bekleidete Engel falten die Hände. Beide Engel haben große, graue Flügel. Im Hintergrund sind nochmal zwei Engel und zwei Engelköpfe mit Flügel. Auf einem Altar steht ein goldener Kelch mit einer goldenen Hostie. Darauf steht „JHS". Der Kelch und das Brot leuchten in einem goldenen Strahlenkranz. Die Kerzen leuchten auch golden. Es stehen auch vier Vasen mit Blumen auf dem Altar. Mir gefällt dieses Bild und ich werde es mit in meine Nürnberger Wohnung nehmen. Es hat etwas Sakrales an sich. Und erinnert mich an die Kirchenbilder, die auch das biblische Geschehen in vielen bunten Farben darstellen. Ich denke, etwa 1/9 dieses Bildes ist mit goldener Farbe bemalt. Dann finde ich ein Hochzeitsbild von Papa. Er ist da mit meiner Mutter abgebildet. Sie stehen eng zusammen und schauen glücklich aus. Weißes Kleid und schwarzer Anzug. Auch von meinen Urgroßeltern ist ein Bild abgebildet. Sind aber einzeln porträtiert. In bis zum Hals angezogener Kleidung. Wenn Ali und Michaela Bilder von sich machen, dann schauen sie sich verliebt an und machen ein Selfie. Oder sie stehen eng umschlungen nebeneinander. Von meinen Großeltern existiert ein Bild mit der Hochzeitsgesellschaft. Ein anderes Bild gefällt mir nicht. Etwa 70 Soldaten in Uniform sind darauf abgebildet, teilweise mit Gewehren oder Bierkrügen. In verschiedenen Stellungen. Immer in kleinen Gruppen. Vom Alter her muss da mein Urgroßvater darauf sein. Es steht darauf: „Zur Erinnerung an unsere Dienstzeit. Beim kgl. Bayer. 10. Inf.-Regt. ‚Prinz Ludwig' I. Komp. Ingolstadt 1904–1906." Wie diese Übung dann endete, entdeckte ich auch. Ich fand Kriegspost vom 1. Weltkrieg. In kleiner, gleichmäßiger schöner Schrift begannen die Briefe mit: „Meine Lieben …" Furchtbar. Mich schüttelt es. Und Jesus sagte: „Du sollst nicht töten." Was der von Uniformen und Lizenz zum Töten sagt, kann ich leicht ableiten. Manchmal meine ich doch, dass sich der Mensch zu viel über Gottes Willen hinwegsetzte. Der Mensch die Intelligenz nur abbildete und Jesus keinen Einfluss auf das Leben hatte. Schrecklich. Dann sehe ich noch Kommunionbilder. Hedwig und ich besprechen die Bilder. Eine Bildanalyse ist manchmal spannend. Sie macht von uns einen Schnappschuss mit dem Handy.

Wir müssen alle Fenster putzen. Die Fenster sind so verschieden. Sie sind aus unterschiedlichen Jahrzehnten und sind weiß. Am interessantesten ist das doppelflügelige Fenster im Gang. Auch die weiße Haustüre, die der Streicher streicht, ist interessant. Mit vielen tollen Holzmustern. Die er auch filigran streicht. Die andere Tür wird auch weiß. Ist aber eine einfache Holztür. Echt cool, diese tolle Handwerkerarbeit. Richtige Kunst, verbunden mit Funktion. Aus den siebziger Jahren sind die großen Schwingfenster. Ich bin richtig begeistert. Ich greife ja das Thema nochmal auf. Öffnungen, die Licht in das Haus lassen, finde ich total spannend. Sie ermöglichen auch geschützten Blick nach außen.

Hedwig bedankte sich in dieser harten Umräumwoche und Putzwoche mit einem Paket Karten und Zeitschriften bei mir. Ich denke, sie hat diese Dinge bei Frieda im Zeitschriftenladen gekauft. In Nürnberg angekommen, lese ich alles. Auf einer beschriebenen Karte von ihr steht: „Jeder definiert Glück anders. Du bist mein Glück." Ich freue mich über die Sätze von ihr: „Danke für deinen Einsatz. Ich bin sehr glücklich, dass du da warst und über deine Hilfe. Danke für deine Mitarbeit. Du warst eine wertvolle Hilfe. Hedwig und Papa." Auf einer „WORTSCHATZ"-Karte steht auf der Vorderseite ein Zitat von Buddha: „Es gibt keinen Weg zum Glück. Glücklichsein ist der Weg." Ich mache mir so meine Gedanken zum Thema Glück. Was das für mich ist. Dieses Thema ist ja in aller Munde. Jeder und jede soll Glück haben. Ich las mal, dass der glücklich ist, der die Stille in sich trägt. Mit diesem Satz kann ich was anfangen. Ich blättere die Zeitschrift durch und auf der letzten Seite werde ich fündig. Es ist ein Ausblick auf die nächste Ausgabe vom 30.8.2018. Die Autoren zitieren Hermann Hesse: „Glück ist Liebe, nichts anderes. Wer lieben kann, ist glücklich." Im Text wird gefragt: „Was erfüllt uns mit Freude, macht uns wirklich glücklich? Wir haben mit Forschern, Psychologen und einigen Weisen gesprochen, Coachings ausprobiert und jetzt ein Programm entwickelt, das Impulse vermittelt, die unser Glücksempfinden verstärken." Ich bin gespannt, was drin steht. Kann es kaum erwarten. Ich erfahre auf Seite 31 noch etwas über die Intuition. „Woher kommen eigentlich die guten Ideen? Wie soll ich mich entscheiden? Und woran erkenne ich, dass ich das Richtige tue? Unsere Intuition ist ein guter Wegweiser. Sie spricht zu uns mit der Weisheit jenseits der Logik, ist der Schlüssel zu den verborgenen Wissensschätzen unseres Unterbewusstseins." Ich denke, gute Einfälle sind auch Funken Gottes. Seine innere Stimme, die ich höre und die ich umsetzen kann. Auch andere Stimmen sind manchmal in meinem Kopf. Verschwinden dann aber wieder.

Auf einer anderen Wortschatzkarte steht: „Das Leben besteht aus vielen kleinen Wundern. Entdecke sie alle." Ich überlege mir, was mir zu Wundern einfällt. Michaelas Klavierlehrerin sagte mir vor Kurzem diesen schönen Satz: „Es ist wie ein kleines Wunder, dass ich das Kind so lange unterrichten durfte. In diesem Zeitraum hat sie viel gelernt." Wir sprachen dann auch über ihre äußeren Klavierfortschritte und den Schwierigkeitsgrad von Stücken, die sie spielte und dann auch von der Freude und der Lebendigkeit, die sie beim Spielen erlebte. Ich denke an die Wunder, die meine Kinder für mich sind. An das Wunder von wunderschönen Freundschaften. An das Wunder von wunderschönen Augenblicken und Erlebnissen. Und auch an das Wunder der Bibel und deren Faszination bis heute. Und an die Wunder, die Jesus tat. Und an sämtliche schöne Erlebnisse und Dinge, die ich als Wunder bezeichnen kann.

Außerdem schenkte Hedwig mir die die neue Zeitschrift „Happinez", Jahrgang 9, Nummer 6–2018. Auf der Vorderseite ist Buddha in den Regenbogenfarben abgebildet. Und in weißer Schrift steht darin: „Folge der Stimme deines Herzens." Und oben auf der Titelseite steht der Satz: „Es ist nie zu spät, um zu sein, wie du sein willst." Ich seufze durch. Um zu sein, wie ich will, bräuchte ich auch manch anderes Umfeld und z. B. einen Partner. Mit meinen Kindern und meinem Schreiben mache ich, was ich will.

Ich gab ja diesem Buch den Titel „9". Wobei die 9 in Regenbogenfarben gemalt ist. Ich schaue, ob was zu diesen Farben, die ja auch der Buddha auf der Zeitschrift hat, in dem Heft steht. Auf Seite 48/49 ist ein Regenbogen über dem Meer und den Wolken abgebildet und dort steht: „Regenbogen. Die sieben Farben des Himmels." Auf Seite 50 steht ein Artikel zu diesem Thema. Diese Informationen gebe ich nun weiter. Eine chinesische Weisheit ist: „Die Arbeit läuft dir nicht davon, wenn du deinem Kind den Regenbogen zeigst. Aber der Regenbogen wartet nicht, bis du mit der Arbeit fertig bist …" Bei dem letzten Regen konnte ich leider keinen Regenbogen sehen. „In allen Zeitaltern galt der Regenbogen als Brücke zu dem, was nicht benannt werden kann, und genau genommen existiert kaum eine Mythologie, in der er nicht erwähnt wird. Die australischen Aborigines verehren die Regenbogenschlange als Schöpfer der Welt und aller Wesen; die alten Griechen glaubten, die Göttin Iris steige auf ihm zur Erde herab, und auch die Germanen erkannten in ihm die Brücke, die das Reich der Menschen mit dem der Götter verband." Ein Regenbogen besteht aus sieben Farben. „In einem Regenbogen offenbart sich ein Stück des Himmels; etwas, das jenseits von Zauber und Realität liegt. Das Alte Testament erzählt, er sei das Symbol für einen alten Bund, den Gott einst mit den Menschen geschlossen habe. Wenn Blitz und Donner furchterregend über uns niedergegangen seien, so heißt es dort, wolle der Herr im Anschluss den Regenbogen schicken; den Regenbogen, dessen Form an einen gesenkten Kriegsbogen erinnert als Zeichen seines immerwährenden Wohlwollens. Aus den ältesten Übersetzungen der Bibel geht sogar hervor, dass die ursprüngliche Bedeutung des Wortes ‚Heiligenschein' nichts anderes meint als Regenbogen – die sieben Farben der sieben mystischen Welten, die eine erleuchtete Seele durchwandert hat.

Wie also könnten wir uns jemals der Magie eines Regenbogens entziehen – dieser Magie, die uns einen kurzen Blick gewährt auf Götter und Schöpferschlangen und die allwissende Ewigkeit. Wie – wenn in diesem Moment allen wissenschaftlichen Formeln zum Trotz, die dieses Wunder erklären können – eben nur das bleibt: ein Wunder, das uns verzaubert. Jedes Mal aufs Neue."

Ich schaue mir die Nr. 3 der Zeitschrift „Herzstück" an. Auf der Vorderseite steht: „Du schaffst das! Sie wollen ihr Leben verändern? Der beste Zeitpunkt dafür ist JETZT!" Auf der Innenseite empfehlen mir die Macherinnen und Macher dieser Zeitschrift das Buch von Perma Chödrön: „Vom Glück des Scheiterns." Diese Autorin fragt auf Seite 86: „Die Frage ist doch: ‚Wollen wir wachsen, oder wollen wir aus Angst so bleiben, wie wir sind?'" Außerdem stellt sie fest: „In unserem Leben scheitern wir. Es ist einfach Teil des Lebens, dass Dinge geschehen, die wir nicht erleben wollen. Es geschieht immer wieder, nicht wahr?" Es heißt: „Die Buddhistin erinnert uns daran: Fliegen kann nur, wer sein Nest verlässt. Und was könnte schöner sein, als die Flügel auszubreiten und auf weiten Schwingen durch die Lüfte zu gleiten?" Auf Seite 125 geht es mit dem Glück weiter. Die Autorinnen erstellten eine Glücksliste. Unter anderem sind folgende Glücksmomente aufgelistet: „ Platz für Neues schaffen. Maikäfer entdecken. Beim Einschlafen dem Regen lauschen. Eine durchtanzte Nacht. Schmetterlinge im Bauch. Zeit geschenkt bekommen. Sich selbst Mut zusprechen. Die Farbe Blau in allen Schattierungen. Mitgefühl zeigen. Kaffeeklatsch im Sonnenschein." Und so weiter und so fort.

Also, auf das Wort „Schmetterlinge im Bauch" reagiere ich gerade sensibel. Weil dieses Frühlingsgefühl kann ich ja nicht herzaubern und im Moment interessiert sich kein einziger Mann für mich. Der einzige Mann, der sich für mich interessierte, wollte Nacktbilder mit mir machen. Hans-Dieter. Ich kenne ihn vom Volleyballspielen. Wir sind ein gemischtes Team. Viele Frauen der Alleinerziehenden-Gruppe, mit denen ich Aktivitäten unternehme und die sich in der Gemeinde treffen, spielen auch in diesem Team. Und Hans-Dieter kenne ich seit etwa einem halben Jahr. Wir trafen uns beim wöchentlichen Spielen und beim anschließenden Umtrunk in der Kneipe und gingen zweimal miteinander ins Kino. Und beim letzten anschließenden Kinobesuch und dem Sitzen in der Bar fragte er mich, ob wir gegenseitige Nacktbilder machen. Er fotografiert einfach gerne. Und hat auch schon einige Bilder mit Frauen. Ich musste schlucken. Ich habe keinerlei Nacktbilder von mir. In dem Zeitschriftenladen sah ich verschiedene Zeitschriften mit den Frauen, die sich nackt ablichten lassen. Frieda erzählte mir von diesen Geschäftsmodellen. Sie las in einer Zeitschrift, dass ein Model, das sich mit offenem Mund und komplett nackt und sexuell anbiedernd ablichten ließ, sein Hobby zum Beruf machte und nun beides verbindet. Frieda widerte diese einseitige, sexuelle Ablichtung total an. Sie mag es auch nicht, wenn sich die Frauen als Sexobjekt für die Begierden von Männern ablichten lassen. Außerdem findet sie es, wie ich, schade, dass die Männer sich mit totem Papier begnügen oder begnügen müssen, statt eine richtige Herzens- und damit auch sexuelle Verbindung zu einer Frau aufzubauen. Wir können uns nicht vorstellen, dass Bilder anmachen und erfüllen. In einer anderen Zeitschrift sah ich, dass die Frauen nackt, aber sinnlich dargestellt werden. Mit offenem, freundlichem Gesichtsausdruck. Schöne Frauen. Es wird wahrscheinlich auch versucht, das Wunderwerk Mensch einzufangen. Der Aufbau und die Schönheit der Frau. Die Schönheit des menschlichen Körpers. Die Sinnlichkeit und die Eigenerotik des Körpers. Oder die erotische Ausstrahlung für andere Menschen. Oder ganz primitiv, Männer aufzugeilen und zum Wichsen anzuregen. Für mich sind Nacktaufnehmen Erotik unter dem Deckmantel der Kunst. Eine Tarnung. Und gegenseitiges Fotografieren hat für mich was mit Intimität und Vertrauen zu tun und das möchte ich nur in einer Partnerschaft. Ich möchte, dass der Mann bleibt und nicht seine Begierden befriedigt und sich an mir ergötzt. Das hat viel mit Gefühlen und Empfinden zu tun. Und wenn ich so weit bin, dass ich gegenseitige Nacktfotos machen würde, dann würde ich auch Sex wollen, weil ich den Mann liebe. Dann schon das volle Programm. Nur Fotos machen ist ja wie Kochen ohne überhaupt probieren zu wollen und geschweige danach überhaupt essen zu dürfen. Also eine ziemlich fade Angelegenheit. Nicht mein Ding. Ich weiß auch nicht, was in Hans-Dieter vorgeht, warum er einfach nur Fotos will. Zu einem Austausch von einem Kuss, der für mich eine Partnerschaft einleitet, ist es nicht gekommen. Nur seine Anfrage nach Nacktfotos. Ich bin ziemlich erschüttert und irritiert. Der Grund für seine Anfrage ist, dass er schöne und nette Augenblicke festhalten möchte. Für mich sind das keine netten Augenblicke. Das würde meine Schamgrenze überschreiten. Außerdem finde ich, dass sich Männer auch nach den Wünschen von Frauen richten sollen. Emanzipation des Mannes war auch ein Thema meines Buches. Ich las mal auf einer Wortschatzkarte den Satz: „Manchmal muss man viele Schlüssel ausprobieren, um den zum Glück zu finden." Um das dann auf die Männer und Geschlechtsverkehr zu übertragen: Ich finde nicht, dass ich viele Männer, also Schlüssel, ausprobieren will. Ich will einen Mann treffen, der wie ein Rosenbogen ist und für mich einfach passt. Als mir Hans-Dieter sagte, dass er das schon mit mehreren Frauen machte, war ich enttäuscht. Und ich wollte wissen, ob er wenigstens verliebt war und Sex mit ihnen hatte und auch eine Partnerschaft anstrebte. Weil, nur Fotos sind eben zu langweilig und ich finde es irgendwie unwürdig. Darauf gab er mir keine Antwort mehr und wir sehen uns weiterhin nur beim Volleyballspielen. Ach ja, die Emanzipation.

Und weil ich gedanklich schon beim Thema Sex bin, wahrscheinlich auch, weil mein Eisprung bevorsteht, google ich in Wikipedia „Geschlechtsverkehr". Ich kann ja alles googeln. Meine Kinder können sich so auch auf den neuesten Stand des Wissens bringen. Und ich erfahre im Internet von dem Liebesglück von prominenten Personen und davon, dass manche Frauen noch nie einen Orgasmus hatten. Das Thema Sex nimmt auch in den Schlagzeilen einen breiten Raum ein. Nur ich habe halt kein Liebesglück mit einem Mann. Und weil ich wissen will, was meine Kinder zum Thema Sex so wissen, schlage ich in Wikipedia „Penis" und „Vagina" nach. Dann noch Sexstellungen. Ich finde die Stellung 69. Praktizierte ich noch nie und war mir nicht bekannt. Interessant finde ich, dass die Zahl 9 darin ist. Die Zahl 9 ist auch umgedreht in dieser Sexstellung. Ich schaue mir die Bilder nochmal an. Jetzt weiß ich auch, warum. Diese Stellung fällt unter Vorspiel. 9 soll wohl auch eine initiierende Zahl für den Geschlechtsverkehr sein. Weil mich das alles nervt, ich schon auch starkes sexuelles Verlangen habe und mir dieser Verzicht fast weh tut, ich mich nach menschlicher Nähe und Intimität sehne, eine Innigkeit möchte und eine seelische Verbindung zu einem Gefühlsmenschen, gehe ich in die Küche. Ich nahm von Papas Garten kleinere Zucchini und kleine Gurken mit. Ich schaue sie an und denke unwillkürlich und spontan an – mir ist es ja schon peinlich zu sagen –, an einen Penis. Ich schnaufe tief durch. Mich dreht es. Mir dreht sich alles. Ich frage mich, ob das Gemüse wohl als Dildo geeignet wäre. Also ein Bio-Dildo und ob Frauen ihr Gemüse wohl auch schon so verwendet hätten. Und wenn, ob der Dildo dann auch wirklich in den Kompost gekommen ist. Und ob die Frauen wohl mit diesen Gemüsedildos einen Orgasmus hatten. Ich muss mich setzen. Mich entsetzen meine eigenen Gedanken. Dann öffne ich den Kühlschrank. Hier stehen die fünf Rouladen, die ich auf dem Herweg in die Wohnung beim Biometzger kaufte. Hübsch gerollt und saftig in der Plastikschüssel. Ich knalle den Kühlschrank zu. Meine eigenen Gedanken sind mir jetzt zu viel. Ich flüchte ins Wohnzimmer. Ich will mich ablenken. Mit Maritta, die mir Gesangsunterricht gibt, sang ich das letzte Mal eine Arie von Mozart. „Die Königen der Nacht." Der Text gefiel und gefällt mir gar nicht; den Schrecken dabei, will ich gar nicht beschreiben. Es war nur die musikalische Herausforderung, die mich dieses Stück im Ansatz lernen lies. Ich fiepte bis auf das hohe f mit drei Strichen hinauf. Ich mache meine Einsingübungen. Wenn ich mich gut einsinge, komme ich auch zu den Tönen. Das letzte Mal erklärte mir Marietta die Erregung der Stimmbänder. Wir schauten diese Theorie auch im Internet unter Wikipedia nach. Nun singe ich die „Königin der Nacht". Ich stimme das Lied an und singe dann ah-ah-ah-ah. Ob wohl Wolfgang Amadeus Mozart bei diesem Lied an einen Orgasmus gedacht hat? Die Töne klingen ja wie bei einem hohen Stöhnen. Ich habe keine Ahnung. Leider kann ich in diesem Leben nicht mehr fragen. Dieses musikalische Genie ist ja schon lange tot. Und ich bin ja wahrlich keine Königin für jemanden. Mir kommen die hohen Töne wie ein Orgasmus vor. Ich denke schmerzlich daran, dass ich keinen habe, weil ja kein geeigneter Partner da ist. Knalle zum zweiten Mal etwas zu. Dieses Mal ist es der Klavierdeckel, der daran glauben muss, dass ich alleine bin aus unbekanntem Grund. Ich knalle den Deckel auf das tolle Instrument. Und hoffe danach inbrünstig, dass mir das Instrument meinen Wutausbruch verzeiht und nicht zu Schaden gekommen ist. Das wäre ja noch zusätzlich ärgerlich. Ein materieller Schaden wegen meiner Unkontrolle auch noch. Und schließlich wähle ich eine Freundin von der Alleinerziehendengruppe an. Ich erreiche Birgt und wir besprechen unsere sexuelle Enthaltsamkeit und unser Verlangen und wie wir damit klarkommen. Und meistens denken wir an dieses Thema ja gar nicht. Es ist schrecklich, alleine zu sein. Zumindest sind wir Freundinnen und können über dieses Thema reden. Und ich glaube, mir glänzen die Augen wegen ein paar Tränen.

26. Juli 2018

Die letzten Tage hat es manchmal geregnet. Es ist jedoch schon sehr heiß. Heute soll es wieder um die 30 Grad geben. Vorgestern und gestern war ich mit den 3 Kindern und Ali und seiner Mutter im Freibad. Das Schwimmen hat uns sehr gefallen. Das Wasserballspielen auch. Ich liebe Schwimmen und drehe mich gerne im Wasser. Probiere die verschiedensten Schwimmstile aus. Wasser ist was Wunderschönes und Tolles. Neben Tanzen liebe ich es, einen Fisch zu spielen. Mich schwerelos im Wasser zu bewegen. Ein tolles Gefühl. Das war nicht immer so. Eine Zeitlang mochte ich das Nass nicht. Jetzt habe ich es wiederentdeckt, mich im Wasser zu bewegen. Die Hitze kommt mir vor, als wäre ich in einem heißen Land. Wenn es regnet, verdampft das Wasser gleich wieder. Hedwig spricht schon vom „tropischen Bayern". Am Montag, 23.08.2018 stand in der FLZ auf Seite 12: „Trockenes Franken als Modellregion. Freistaat will Landwirte bei der Bewässerungstechnik unterstützen." Ich erfahre auch: „Der Freistaat hatte schon vor Jahrzehnten mit der Anlage der fränkischen Seenplatte auf die Herausforderungen des Klimawandels reagiert. Gespeist werden die Seen unter anderem aus einem Überleitungssystem vom Einzugsgebiet der Donau in den Main. In Trockenzeiten verbessere dies auch den Wasserzustand in den Flüssen Rednitz, Regnitz sowie Main und stütze zudem die Grundwasservorkommen in Nordbayern. Seit der Inbetriebnahme 1993 hat die Überleitung gut drei Milliarden Kubikmeter Wasser in Bayerns Norden gepumpt, das entspricht etwa dem Volumen des Starnberger Sees." Mir wäre lieber, der Klimawandel würde gestoppt werden und jede Region hätte ihr eigenes Trinkwasser. Ich richte den Blick auf meinen Kühlschrank. Hier sind ja meine Karten verewigt. Zumindest solange ich in dieser Wohnung lebe. Mein Blick fällt auf die Wortschatzkarte: „Nicht auf die Sonne warten, sondern im Regen tanzen! Regentanz." Angesichts unserer Wetterlage klingt dieser Satz sehr zynisch und stimmt auch nicht mit der Wahrheit überein. Ein anderer

Wortschatz-Satz gibt mir Mut: „Jeder Tag gibt uns die Möglichkeit, einen neuen Traum zu träumen." Und ein anderer Wortschatz lautet: „Wenn es einen Glauben gibt, der Berge versetzen kann, dann ist es der Glaube an die eigene Kraft." Diese Worte stammen von Marie von Ebner-Eschenbach. Ich denke, da hat sie recht. Die Urkraft und der Urglaube ist jedoch der Glaube an die Kraft Gottes und Jesus' und des Heiligen Geistes. Und nun google ich diese Frau Marie von Ebner-Eschenbach. Sie zählt zu den bedeutendsten deutschsprachigen Schriftstellerinnen. Ich bin tief beeindruckt.

Nun gehe ich zu der lästigen Hausarbeit über. Ich räume heute einen Wohnzimmerschrank aus. Mir fällt ein altes Schulheft von Michaela in die Hand. Es ist ein Lateinschulheft. Ich versinke, wie immer, in den Aufzeichnungen meines Kindes. Einerseits beeindruckt mich Latein als „Denkschule der Wörter" und deren Philosophie; andererseits schrecken mich das Menschenbild und die Kriege und die Versklavung von Menschen auf das Tiefste ab. Das sind jedoch die abendländischen Wurzeln. Allerdings kannten sie ja teilweise nicht Jesus. Aber selbst als sie ihn kannten, waren Kriege noch an der Tagesordnung. Und jetzt gibt es die Menschenrechte. Ich erfahre im Heftchen viel über die stoische und die epikurische Glücksformel. Und über das Gedankengut von Epikur und von den Stoikern. Ziel ist die Seelenruhe. Glück ist Sein und nicht Haben. Ich lese über die 4 Kardinaltugenden Tapferkeit, Gerechtigkeit, Verständigkeit, Klugheit/Weisheit. Seit dem Mittelalter gibt es 3 christliche Tugenden: Glaube, Hoffnung, Liebe. Und seit dem Mittelalter gliedert man 7 Todsünden: Habsucht, Hochmut, Zorn, Völlerei/Maßlosigkeit, Genussleben/Sucht, Neid und Faulheit. Es sind noch andere philosophische Schulen erklärt. Dann läutet das Telefon. Hans-Dieter ist am Apparat. Er möchte mit mir nochmal mein seelisches Befinden abklären und bietet mir ein „normales" Fotoshooting, angezogen und in der Natur und in der Alltagsumgebung, an. Ich erkläre ihm nochmal, warum ich wegen der Anfrage zu Nacktfotos immer noch sehr angepisst bin. Anderseits finde ich ihn sexy und sehr sympathisch. Er wirkt auf mich anziehend. Und ich vermute, dass ich inzwischen vielleicht doch in ihn verliebt bin. Und vielleicht bin ich sogar voll in ihn verknallt. Ich kenne mich gerade bei mir Selbst nicht mehr aus. Keine Ahnung. Ich erkläre ihm: „Fotos in natürlichen Situationen, ohne großes Posieren, finde ich natürlich und schön. Wenn Gefühle mit den Situationen übereinstimmen. Gefühlsechtheit und Freude auf beiden Seiten gleichermaßen sind. Seele, Körper und Geist stimmig. Ich kann mir nur sinnlichen Sex aus tiefer Liebe vorstellen, wo wir uns in Bildern festhalten. Und das erotischste Foto für mich wäre ein gefülltes Kondom mit Sperma meines Partners. Entstanden aus wunderschönem Sex mit mir. Und da stehen das Tun und Genießen und die Zweisamkeit und Innigkeit und die Ekstase, Erregung, ohne Kamera, im Vordergrund. So viel zu meinen Wünschen. Allerdings sind wir uns nicht vertraut und bisher auch nicht verliebt. Ich kann mir nur Posieren, angezogen, zum Spaß, vorstellen. Wir vereinbaren, einen Tag in der Stadt und in der Natur zu verbringen und uns auf Bildern festzuhalten. Darauf habe ich auch Lust. Und vielleicht bringt das uns näher. Keine Ahnung. Spaß wird es mit ihm schon machen. Mir selber geben Bilder von mir kaum was. Ich bin eine von den wenigen Menschen, die keine Freude daran hat, die in der Vergangenheit gemachten Bilder wieder anzuschauen. Was rum ist, ist rum. So ist auch meine Lebensdevise." Phu. So direkt war ich seit Jahren nicht mehr. Und ich bin schon auch über mich verwundert. Und ich bin auch sehr erstaunt über mich, dass ich das wirklich sagte.

Ich schaue nun meine Whatsappnachrichten an. Frieda schrieb: „Vor ein paar Tagen las ich auf t-online, dass ein junges schwarzes Ehepaar, noch keine 20, seinen Sex ins Internet stellte. Ich kannte das Video nicht. Was mir gefällt ist, dass dieser Sex gefühlsecht ist. Und das finde ich absolut erfüllend. Andere Menschen eventuell auch. In Geld ausgedrückt, ist dieses Paar auf dem Weg zum Multimillionär. Was ich, als Kommunistin, vom Reichtum halte, weißt du. Ich würde sofort die Menschenrechte umsetzen. Echter Sex ist zumindest ehrlich und daran ist ja nichts auszusetzen. Ich würde meinen Sex jedoch nicht mit anderen teilen. Heinz auch nicht." Ich muss schmunzeln über diese Nachricht.

Diese Schlagzeigen auf t-online scheinen Frieda ja echt zu beschäftigen. Und mit diesem Sex befassen sich ja viele Menschen. Unglaublich. Ob sie dabei auch aufgeklärt werden wollen? Oder wollen sie sich empathisch in das Liebespaar hineinversetzen? Wollen sie Entspannung light? Ich weiß es nicht. Ich werde mir das Video nicht anschauen. Es interessiert mich nicht. Ich will das selber erleben! Nur zu blöd, dass ich darauf warten muss, bis sich das ergibt oder auch nicht. Es gibt Dinge im Leben, die kann ich nicht alleine für mich umsetzen. Könnte ich das, dann würde ich es sofort tun. Ich schreibe zurück: „Ein spannendes Thema, mit dem ich mich auch gerade beschäftige."

Frieda sendet mir eine weitere, folgende Nachricht:

„Titel: *7%* (gut und lesenswert). Geschrieben von Regina Brett, 90 Jahre alt:

‚Um mein Alter zu feiern, habe ich die folgenden 33 Lektionen geschrieben. Denn dieses Leben hat mich gelehrt:

1. Das Leben ist nicht fair, aber immer noch gut.
2. Wenn du Zweifel hast, mach einfach den nächsten kleinen Schritt.
3. Das Leben ist zu kurz, um jemanden zu hassen.
4. Deine Arbeit wird sich nicht um dich kümmern, wenn du krank bist. Nur wer dich liebt, kümmert sich um dich.
5. Man muss nicht jedes Mal gewinnen. Stimme auch mal zu, nicht einverstanden zu sein.
6. Schreie mit jemandem. Das heilt besser, als alleine zu weinen.
7. Was Schokolade angeht, ist es sinnlos, zu widerstehen.
8. Mach Frieden mit deiner Vergangenheit, damit sie deine Gegenwart nicht stört.
9. Es ist gut, wenn deine Kinder sehen, dass du weinst.
10. Vergleiche dein Leben nicht mit dem der anderen. Du hast keine Ahnung, wie es bei denen wirklich aussieht.
11. Alles kann sich im Handumdrehen ändern.
12. Atme tief durch. Es beruhigt den Geist.

13. Befreie dich von allem, was nicht nützlich, schön oder fröhlich ist.
14. Alles, was dich nicht umbringt, wird dich stärker machen.
15. Es ist nie zu spät für eine glückliche Kindheit. Aber das zweite Mal liegt es bei dir und keinem anderen.
16. Zünde die Kerzen an, benutze die schönen Laken, trage schicke Dessous. Spare das nicht für einen besonderen Anlass. Heute ist etwas Besonderes.
17. Bereite dich mehr als nötig vor, dann folge dem Fluss.
18. Sie jetzt exzentrisch. Warte nicht auf das Alter, um lila zu tragen.
19. Das wichtigste Geschlechtsorgan ist das Gehirn.
20. Niemand sonst ist verantwortlich für dein Glück, nur du …
21. Was andere Leute von dir denken, geht dich nichts an.
22. Die Zeit heilt fast alles.
23. Egal wie gut oder schlecht eine Situation ist, sie wird sich ändern.
24. Nimm dich nicht zu ernst. Niemand macht das.
25. Glaube an Wunder.
26. Gott liebt dich, weil er Gott ist, nicht wegen irgendwas, was du getan oder nicht getan hast.
27. Prüfe das Leben nicht. Schaue geradeaus und genieße es jetzt in vollen Zügen.
28. Am Ende zählt nur, was du geliebt hast.
29. Wenn wir alle unsere Probleme auf einen Haufen legen und die der anderen sehen, würden wir unsere eigene Probleme zurückholen
30. Neid ist Zeitverschwendung. Du hast schon alles, was du brauchst.
31. Das Beste kommt noch.
32. Egal wie du dich fühlst, steh auf, zieh dich gut an und zeige dich.
33. Das Leben ist nicht mit einer Schleife gebunden, aber es ist immer noch ein Geschenk.'

Es wird geschätzt, dass 93 % dies nicht weiterleiten werden. Deshalb der Titel 7 % ☺ Falls es dir gefallen hat, sende es an die, die für dich etwas Besonderes sind. Warte nicht bis 90!"

Ich bin von der Mail begeistert. In vielen stimme ich dieser Dame zu und finde ihre Lerneinheiten sehr sinnvoll. Ich bin von der Weisheit und Erfahrung dieser Frau sehr beeindruckt. Vor allem mit dem Satz, dass das Gehirn das wichtigste Geschlechtsorgan ist. So ist es. Wir sind ja keine Triebwesen wie im Tierreich. Als mollige Frau stimme ich mit der Schokolade nicht überein. Soweit es geht, meide ich sie wegen meines Gewichtsproblems. Außerdem soll die Schokolade fair produziert sein, die ich konsumiere. Von genießen kann gar keine Rede mehr sein. Die Folgen sind zu offensichtlich. Für meine Sportlichkeit und mein äußeres Erscheinungsbild. Manchmal kann ich jedoch nicht widerstehen und genieße Schokolade in Maßen. Mir reicht mein Feinkostgewölbe und mein Busen reicht mir gerade auch. Eine Abneigung gegen Dessous habe ich auch. Ich stehe auf funktionelle Unterwäsche. Es ist ja so schwierig für mich, sportliche BHs zu bekommen. Und ich brauche BHs, die meinen Busen einfangen und fest an den Körper drücken. Wenn ich dies habe, kann ich unbedenklich Sport machen. Und die Brust tut auch bei Rädern nicht weh. Ist dies nicht der Fall, kann ich mich nur eingeschränkt bewegen. Das ist schrecklich. Und für Dessous habe ich nichts übrig. Sie sollen nur meine körperlichen Reize betonen. Wenn mich ein Mann liebt, wird er das auch ohne sexuellen Anreiz machen. Solche Unterwäsche halte ich nicht für weiterführend und zielführend. Nur in die Richtung, dass sich die Frau als sexuelle Schokolade verkauft. Das ist ungesund. Weswegen es so viel Reizwäsche gibt, ist mir unerklärlich. Deshalb kaufte ich mir Bücher über die Geschichte der Unterwäsche von Männern und Frauen. Sehr interessantes Kapitel. Auch mit vielen Erotikbildern, über die ich ja schrieb. Und jetzt weiß ich den Grund für mangelnde, schlechtsitzende, sportuntaugliche BHs bei mir und bei vielen anderen Frauen: Die Frau machte geschichtlich erst viel später gezielt Sport. Und dann wurde sie einfach vergessen. Eine Weiterentwicklung vom Sexobjekt zum gleichwertigen und gleich wertvollen Wesen neben dem Mann war bisher nicht vorgesehen. Die Frauen wünschen sich das ja. Die Männer weigern sich bisher, sich zu emanzipieren. Eine harte Nummer.

Frieda schreibt mir noch Folgendes: „Ich dachte heute nach und kam auf folgende Frage: Wie vielen Menschen willst du, musst du wichtig sein, um dich gut zu fühlen?" Ich antworte: „Es ist schon eine interessante Frage, wie viele Menschen man für ein zufriedenes Leben braucht." Frieda antwortet: „Mir sind besonders mein Partner, meine Familie und ein paar Freunde wichtig, um glücklich zu sein." Ich antworte: „Da stimme ich dir zu. Im weiteren Sinne sind mir alle Menschen wichtig. Ich will eine liebenswürdige, lebenswerte und liebenswerte Gesellschaft, damit ich glücklich leben kann." Frieda meint: „Ja. Eine Gesellschaft, in der die Menschenrechte und Gleichheit für alle Menschen gelten. In der das Selbst an vorderster Stelle steht. In der Nehmen und Geben im Einklang steht. Der Mensch in Kontakt zu sich selbst und mit der Natur ist. Wasser im Überfluss da ist und so fließt wie die Geldströme." Ich antworte: „Ja, so ist es. Damit es so wird gibt es ja viel zu tun. Wir sind wieder bei unserem ewigen Thema Wasser." Frieda antwortet: „Du hast ja schon so viel geschrieben darüber, mein Herzchen."

Frieda meint: „Jetzt noch ein Gedankenschlenkerer. Stell dir vor: In dem Zeitungsladen wird das Entnehmen von eingenommenen Geld als ‚Abschöpfung' bezeichnet. Abschöpfung!!!!!! Ich fasse es nicht, was die Programmierer in den Computer eingegeben haben. Ich habe mich an den Ausdruck noch immer nicht gewöhnt. Für mich ist es Entnahme von eingenommenen Geld und dessen Verbuchung. Abschöpfung ist so ein abstrakter Begriff und passt irgendwie nicht in meinen Augen. Ich brachte Schöpfen immer mit Wasser in Verbindung. Oder mit der Erschaffung Gottes, mit der Welt oder mit der Schöpfung, die wir Menschen kreieren. Aber nicht mit Geld. Aber klar, du hast ja auch schon von der Verbindung und Gleichsetzung von Wasser und Geld geschrieben: Geldströme, Geldfluss, Flüssigsein beim Bargeld, Geldkreislauf, analog Wasserströme, Wasserfluss, Flüssigsein als Aggregatszustand beim Wasser, Wasserkreislauf. Und so weiter und so fort. Herzchen, wir müssen uns beim nächsten Treffen mit der Bilanzierung von Geld und der Wasserbilanz befassen. Und Wasser auch mal wieder im Menschen sehen. Also den Menschen in den Mittelpunkt stellen. Ich meine gerade, bei diesem Wirtschaften ist was aus dem Gleichgewicht geraden." Ich antworte: „Ja, das machen wir."

Gedanklich stellten Frieda und ich nun die Verbindung zu meinem 7. und 8. Buch her. Im 7. Buch: ein Goldpreis, der das Leben auf diesem Planeten spiegelt und uns ein richtiges Verhalten überprüfen lässt. Und im 8. Buch eine Gewinnspannenberechnung nach ethischen Prinzipien, um diesen Goldpreis auch umsetzen zu können und Anhaltspunkte für die Berechnung zu haben. Und nun, im 9. Buch, eine Bilanzbuchhaltung, die ethisches Wirtschaften sichtbar macht.

Und hier, in dieser wirtschaftlichen Buchführung, ist ja der Knackpunkt allen Verhaltens. Oder wird unternehmerisches Handeln sichtbar gemacht. Die Bilanzierung und deren Beschreibung von wirtschaftlichen Vorgängen machten Menschen. Ihre Wertigkeiten legten auch das Aufschreiben von Vorgängen fest. Und diese Vorgänge sind rein geldlich-materieller Natur. Buchungssätze sind beim Autokauf und bei Barzahlung: Fuhrpark an Kasse. Die Mehrwertsteuer lasse ich mal zur Vereinfachung weg. Der Staat und seine Bürger wollen leben und brauchen auch Einnahmen. Diese Einnahmen sind die Steuern. Diese Einnahmen werden auch wieder verteilt. Nach Wertigkeiten, die manche Bürger so festlegten, weil sie es, von ihrem Herzen her, so für richtig halten. Dies sind die Staatsausgaben. Vor mir liegt die 9. Auflage des Buches „Buchführung" von Prof. Hartmut Bieg und Prof. Gerd Waschbusch. Auf der Vorderseite steht: „Systematische Anleitung mit zahlreichen Übungsaufgaben und Online-Training. Grundsätze ordnungsmäßiger Buchführung und Bilanzierung. Jahresabschluss unterschiedlicher Rechtsformen. Zahlreiche Praxisbeispiele." Das Buch „Externes Rechnungswesen" von Hartmut Bieg, Heinz Kußmaul, Gerd Waschbusch in der 6. Auflage liegt auch vor mir. Es sind eine Statistik und ein Taschenrechner darauf abgebildet. In den beiden Lehrbüchern handelt es sich um eine doppelte Buchführung. Laut Duden-Fremdwörterbuch ist eine Bilanz in der Kaufmannssprache eine abschließende Gegenüberstellung von Vermögen und Schulden. Es gibt Aktive und

Passiva, Einnahmen und Ausgaben für ein Geschäftsjahr. Es ist ein Kontenabschluss. Eine andere Bedeutung für Bilanz ist Ergebnis, Fazit, abschließender Überblick. Ein Fazit ist laut dem Duden eine Schlusssumme einer Rechnung. Oder ein Ergebnis und eine Schlussfolgerung. Ich gehe nun zu der kaufmännischen Bilanz über. Es ist eine Aktion, ein zweiseitiges Verhalten. Eine Sache wird mehr; eine andere Sache wird weniger. Es ist ein Kreislauf. Es gibt Vorteile und Nachteile bei jedem wirtschaftlichen Tun. Nur die geldlichen Veränderungen werden festgehalten. Es wird davon ausgegangen, dass die Preise/Werte für ein Produkt oder Dienstleistungen geldlich und zahlenmäßig richtig angesetzt wurden. Und mit diesen Preisen wird auch gerechnet. Letztendlich zielen die ganzen Handlungen auf einen Unternehmensgewinn ab. Und auch dieser Unternehmensgewinn kann bewertet werden. In der Regel wird er geldlich bewertet. Er könnte auch ethisch bewertet werden. Dies lassen die Aufzeichnungen in dieser Form noch nicht zu. Ist dieser Gewinn in der Gegenwart hoch, steht das Unternehmen gut da und hat schwarze Zahlen geschrieben. Bei Verlust schrieb es, nach dem Sprachgebrauch, rote Zahlen. Weil ich ja Farbenphantasie habe und schwarz alles Mögliche bedeutet, heißt das für die Berechnung des Goldpreises, dass diese geldliche Darstellung des Unternehmensgewinns nicht ausreicht und stattdessen ein Gewinn aussagekräftiger sein muss. – Ich kann auch Bandwurmsätze. – Die Darstellung in der Bilanz ist zu einseitig. Es müssen mehr Bereiche erfasst werden als der materielle. Und Voraussetzung ist, dass die Gewinnspanne natürlich, siehe 8. Buch, schon mal einen ethischen Cut legt. Ist dies getan, dann geht es mit einer anderen ordentlichen Buchführung weiter.

Und nun dieses Buch zur vereinfachten Theorie der Buchführung. Nun zu mir. Alles, was ich über mich schrieb, ist ja schon eine Buchführung. Es ist die Buchführung meines Lebens. Ohne Zahlen. Erzählen, was in meinen Augen gut läuft und was in meinen Augen nicht so gut läuft. Was ich tue, was ich mache. Das unterliegt auch ökonomischen Zwängen unserer Gesellschaft. Diese erwähne ich immer wieder. Stelle sie jedoch nicht in den Mittelpunkt. Geld begrenzt mein Leben oder manchmal auch nicht. Ermöglicht andere Sachen. Geld, das ich bekomme, weil andere Menschen meine Arbeit so oder so bewerten. Geld, das ich auch durch andere Einnahmen habe. Unser System hat sich da Miete, Zinsen, Pachteinnahmen und sonstigen Schnickschnack ausgedacht. Alles Ansichtssache von unsinnigen, geldgeilen Gedankengängen, die eine wirtschaftliche Ungleichheit verheerenden Ausmaßes schaffen. Ich erzählte ja schon von Krankheiten usw. Will ich alles nicht wiederholen. Kann auch bei manchen Menschen abgefragt werden. Mein Leben, mein Aufschreiben in Büchern, könnte ich aber auch in Zahlen ausdrücken. Opas Aktivitäten auf seinem Bauernhof wurden von dem Buchführungsbüro und der Steuerkanzlei auch in Buchhaltungsbücher gepresst. Inventuren und das Ablesen von Kontoständen gaben darüber Auskunft. Papa hat das eigentlich nicht wirklich interessiert. Es war lediglich zur Ermittlung der Steuerzahlungen und zum Lebenshaltungskostenüberblick da. Es waren auch Anhaltspunkte, was er unternehmerisch tun sollte und was Geld einbrachte. Geld, das andere ihm für seine Tätigkeit gaben und wie seine Produkte und damit seine Arbeit wertschätzten. Er stand im wirtschaftlichen Ausgleich mit vielen anderen Menschen, die handelten und verkauften. Ein Geben und Nehmen. Ein Bilanzbuchhalter schließt daraus viele Anreize für sein weiteres wirtschaftliches Vorgehen. Opa erfasste das nicht wirklich. Er tat, was er für richtig hielt. Das ist nun auch der Ausgangspunkt meiner Überlegungen. Das tun, was ich für richtig halte; zumindest in diesen Moment. Und eine Berechnung aufzustellen, die, in meinen Augen, zum richtigen Tun zwingt. Es gibt ja Eigentum, das gehört einzelnen, und es gibt Allgemeingut, wie Wasser, Luft und Natur, das allen Menschen gehört. Und dieses Eigentum geht auch alle an. Und auch das Eigentum sollte gerecht verteilt sein.

Ich koche nun die Zucchini und mache Gurkensalat. Dazu Kartoffeln. Meine doppelbödigen und damit schlüpfrig-sexuellen Gedanken zu diesem Gemüse habe ich überwunden. Wir essen und die Zwillinge erzählen vom Schwimmsportfest in der Schule. Sie machten Schwimmwettbewerbe und sprangen vom

3-m-Turm. Es schienen ihnen großen Spaß gemacht zu haben, sich sportlich zu messen. Einzel- und Mannschaftswettbewerbe dachten sich die Lehrerinnen aus. Sie gehen in ihr Zimmer. Meine Zwillinge hören gerade auf youtube das Lied „Die Gedanken sind frei" in der Version von Nena. Mir gefällt dieses Lied bei ihr besonders gut. Es hat eine gewisse Leichtigkeit. Den Text mag ich sowieso. Dann hören sie die CD „Glück" von Sefora Nelson. Ich verstehe teilweise Textfetzen: „Ich liebe dich, ich will nur dich. Mit dir gemeinsam leben, ja, das möchte ich. Ich liebe dich, so wie du bist. Ich will dir heute sagen, ja, ich liebe dich. Betrunken von dem Glück. Ab jetzt sind wir zu zweit ... Ich liebe dich, ich schätze dich. So unbeschreiblich wertvoll und anders als ich. Du änderst mich, verschönerst mich. Ich hoffe, dass du's immer weißt. Ich liebe dich. Ich liebe dich, ich freue mich. Auf viele schöne Tage voller du und ich."

Die Kinder machen die Kinderzimmertür zu und ich verstehe nichts mehr. Und ich habe Ruhe, um meinen Gedanken nachzuhängen. Jetzt kommen sie wieder mit dem Laptop und setzen sich neben mich. Vorbei ist es mit der Ruhe. Ich höre nun alles live mit an und sie sitzen ruhig auf dem Sofa. Später werden wir zum Trampolinspringen in den Hof gehen. Ariane wird zum Ratschen kommen. Wir pflegen unsere Freundschaft intensiv. Jede Freundschaft lebt von Verbindung und ist wie eine Spur, die im Sand verschwindet, wenn man sie nicht immer wieder erneuert. Dies ist auch ein Spruch einer klugen Karte, über die wir mal philosophierten. Auch über die Wortschatzkarte „Jede Minute glücklich sein, jede Stunde genießen, dann wird jeder Tag etwas ganz Besonders" redeten wir das letzte Mal. Sie wird Brombeeren von der Hecke ihrer Mutter mitbringen. Ihre Mutter pflegt auch einen Schrebergarten. Da hilft sie manchmal. Ihre Mutter findet es auch so schön, dass sie mit ihr redet. Es besteht eine herzliche Beziehung zwischen den beiden. Ariane kommt mit Ludwig. Sie bringt auch noch leckere, saftige Renegolden und Tomaten und Zwiebeln mit, die gerade im Garten wachsen. Auch die Bild-Zeitung bringt sie mit. Wegen der Hitze, es hat über 30 Grad, bleiben wir in der Wohnung. Die etwa mit Ludwig gleichaltrigen Zwillinge spielen Billard in unserem Gang. Wir haben da einen kleinen Billardtisch mit Kugeln und Queues. Ausdauernd spielen sie die Kugeln in die Löcher. Alle Kugeln haben Zahlen. Diese Zahlen beachten sie jedoch nicht. Wir sitzen in der Küche und hören nebenbei Antenne Bayern im Radio. Spätnachmittags erfahren wir, dass bei Leipzig ein Kiefernwald mit 90 Hektar Fläche brennt. Die Waldbrandgefahr ist wegen der Hitze und Trockenheit sehr groß. In ganz Europa ist es sehr trocken und es brennen einzelne Wälder, erzählt mir Ariane. Der Kommentator im Radio sagt: „Es wird bis Mitte August in Bayern über 30 Grad haben. Kinder, das ist jedoch kein Weltuntergang." Ariane meint: „Für mich ist das schon ein kleiner Weltuntergang. Das ist die Stunde 00." Ich meine: „Ich bin erschüttert. Ich will doch nur noch gute Nachrichten." Wir nehmen die Bild-Zeitung zur Hand. Auf der Titelseite steht in großen roten und schwarzen Wörtern auf gelben Untergrund: „36 Grad. Sahara-Sommer in Deutschland. Hitze sprengt Landebahn. Bierkästen werden knapp. Wasserwerfer kühlen Kinder. Reise-Chaos droht. Forscher warnen:,Es wird noch heißer!'" Ariane meint: „Meiner Ansicht nach sollte man die Flughäfen, die so viel CO_2 produzieren, sowieso schließen. Damit könnte man schon zum Stopp des Klimawandels l beitragen. Und dass es daheim auch schön sein kann, beweise ich sowieso, weil ich kaum wegfahre. Aus Umweltschutzgründen. Mein Budget lässt es außerdem nicht zu. Ich habe jedoch auch kein Verlangen danach." Ich antworte: „Maßlosigkeit und Gedankenlosigkeit, Nichtbeachten von Auswirkungen brachten uns dahin. Für mich ist das auch die Stunde 00. An diese Auswirkungen will ich gar nicht denken. Mir stehen eh schon die Tränen in den Augen."

Die Kinder gehen vom Gang in das Wohnzimmer. Sie kramen Schulmaterial von der Grundschule aus dem Regal. Sie spielen Schule. Nina ist die Lehrerin und Tobi und Ludwig die Schüler. Anscheinend ist das Thema der Schulstunde Zahlen und Nummern. Tobi schreibt in einem Heft die Zahlen. Macht Schwungübungen. Ludwig zählt in einem anderen Übungsheft die Zahlen und schreibt die Ziffern dazu. Tobi hat neben sich einen Abakus stehen. Ludwig hat eine große Holzuhr neben sich liegen. Mehr bekomme ich von diesem Unterricht nicht mehr mit. Ariane und ich fangen an, die gefüllten Rouladen zu braten. Für jeden eine und wir wollen Kartoffeln kochen und Tomatensalat machen. Als Nachtisch wollen wir Sahne zu den Brombeeren schlagen. Ich will noch Kekse dazu anbieten. Diese sind jedoch fertig gekauft. Ariane meint: „Nun können wir auch Schule spielen. Wir machen praktischen Kochunterricht und mit den Mengenangaben befinden wir uns auch in der Welt der Zahlen." In diesem Moment stehen die Kinder in der Tür und wollen mithelfen. Zusammen werkeln wir in der Küche. Praktische Schulungsstunde. Abends möchten die Kinder wieder mal „Michel aus …" anschauen. Die schwedische Kindersendung. Ich mag die Filme auch, weil die Geschichten und Gespräche so nah an der Realität der damaligen Zeit sind. Und sie nicht so künstlich, aufgedreht und überdreht sind. Ariane und ich sprechen davon, dass es für Tobi nun schon hart ist, in der Schule sitzenzubleiben. Er hat, aufgrund dieser bescheuerten Gesetzgebung, auch keine Chance, eine Nachprüfung zu machen. Was ich recht unfair und unpädagogisch finde. Außerdem wird er vom Klassenverband rausgerissen und muss nun neue Freunde finden. Und die anderen Freunde sind ihm ja auch an das Herz gewachsen.

Ariane und ich legen in der Küche die CD „Der Ring der Nibelungen" von Richard Wagner ein. In der Bild-Zeitung wird auf der letzten Seite von den Festspielen berichtet. Und es werden viele prominente Besucher, oft mit Lebenspartner, abgelichtet. Dass Geld erotisch machen kann, weiß ich ja. Ob das immer echte Liebe zwischen den Paaren ist oder die Erotik des Geldes, weiß ich nicht. Ich hoffe mal, echte Liebe. Echte Liebe gibt es immer. Viel Geld, aus unerklärlichen Gründen verdient, kommt in diesem Fall noch hinzu. Über die himmelschreiende Ungleichheit schrieb ich ja schon viel. Diese Ungleichheit möchte ich nicht.

In der Bild-Zeitung wird auch die Oper erklärt. Es lautet: „Die 4-Stunden-Oper in 30 Sekunden. *Die Story vom Schwanenritter Lohengrin ist so berühmt, dass Sätze daraus (z. B. ‚Mein lieber Schwan!') in den Sprachgebrauch übergegangen sind. Auch den Hochzeitsmarsch kennt jedes Kind. Da-dam-tadaaa!* Die Oper dauert knapp vier Stunden, die Story: Elsa, die Tochter des Herzogs von Brabant, wird unschuldig des Mordes angeklagt. Sie fleht Gott um Hilfe an, der schickt den Ritter Lohengrin. Er rettet sie, sie verliebt sich. Heirat? Unter einer Bedingung: Sie darf nicht nach seiner Herkunft fragen. Tut sie am Ende aber, Lohengrin muss Elsa verlassen, sie stirbt vor Kummer. Die Oper hat kein Happy End, Richard Wagner (1813–1883) war Pessimist." Da ich ja Optimistin bin, ist der Inhalt der Story nicht nach meinem Geschmack. Die Musik gefällt mir und ist opulent. Ich höre sie zwischendurch mal gerne an. Ariane und ich lesen noch in dem Buch „Was wir in der Schule lernen" von Katja Berlin und Peter Grünlich. Lehrer und Schüler in überwiegend lustigen Grafiken. Das Beste vom Graffiti-Blog. Wir lachen uns kringelig. Es ist auch ein Stundenplan, jeweils sechs Stunden, aufgemalt mit der Überschrift: „Gefühlter Stundenplan". Montag sind da nur Mathestunden eingeteilt. Dienstag Mathe und zwei Stunden Chemie. Mittwoch Mathe und zwei Stunden Physik. Donnerstag Mathe und eine Stunde Sport und Freitag nur Mathe. Ich finde es witzig; weil, Mathe halte ich, neben Religion, für das wichtigste Fach; ich hatte jedoch immer Unbehagen davor. Die Welt der Zahlen und Formeln war mir manchmal sehr suspekt. Auf der letzten Seite steht: „Das nervt Lehrer am meisten." In der Grafik ist es ein kleiner Teil: Schüler, ein kleiner Teil: Eltern, ein kleiner Teil: dass man ihnen so oft Faulheit unterstellt und ein großer Prozentsatz: dass die Fernflüge in den Schulferien so teuer sind. Mir bleibt beim Lachen auch ein wenig die Spucke im Halse stecken. Um zehn Uhr abends geht Ariane. Sie blieben so lange, weil ja morgen in der Schule nur noch Zeugnisvergabe ist. Auch hier wird das abgefragte Wissen der Kinder in Zahlen, die Noten heißen, umgesetzt. In diesem Jahreszeugnis sogar in Wörter umgesetzt. Sehr gut, gut, befriedigend, ausreichend, mangelhaft und ungenügend. Die Note 7 gibt es bisher nicht. Sie wäre die Note für Transformation und Neues. Also in Wörtern ausgedrückt: anders.

Freitag, 27.07.2018

Die Kinder gingen gerade zur Schule; bzw. Michaela startete zu einem Fußballcamp. Die Twins starten mit einem Regenbogen-T-Shirt in den Tag. Tobi hat ein weißes T-Shirt. Mit Stofffarben malte er in den letzten Ferien einen bunten Regenbogen darauf. Am Rand malte er mit einem blauen Stift den Umriss von drei weißen Wolken. Der Bogen bildet einen Halbkreis auf der Vorderseite des T-Shirts. Nina trägt ein T-Shirt mit den Regenbogenfarben. Auf dem T-Shirt sind bunte Flecken, die aquarellartig ineinanderfließen. In der Mitte von der Vorderseite ist eine weiße, herzförmige Umrandung aufgemalt. Wir kauften das Kleidungsstück. Es ist im Ausland produziert und hierher gekarrt worden. Was ich davon halte, schrieb ich ja schon. Komme aber manchmal auch nicht um solche Produkte herum. Und nur gebrauchte Klamotten oder Ökoklamotten will Tina auch nicht. Also dieser faule Kompromiss. Trotz des Sitzenbleibens von Tobi sind die Kinder gut gelaunt. Ich bin froh, dass Tobi nicht mehr weint deswegen. Das Leben wird weitergehen und er wird nochmal von vorne in dieser Jahrgangsstufe beginnen. Vielleicht hätte ich ihn mehr unterstützen müssen beim Lernen. Eher professionelle Nachhilfe anbieten. Ich trage sicher große Anteile dazu bei, dass er diese Klasse nicht schafft. Meine Nachhilfe-Kapazität ist jedoch auch mal am Ende. Ich war einfach zu k.o. Meine Energie zum Helfen am Ende. Ich hoffe, dass er nun eigenständig seine Hausaufgaben macht und lernt. Zumindest eine Stunde am Tag.

Ich lege die Zeitung vor mich. Die FLZ auf der ersten Seite. Ich erfahre, dass heute Abend ein Spektakel am Himmel ist. Eine totale Mondfinsternis. Professionelle Sternengucker nennen es einen „astronomischen Sommernachtstraum". Neben dem gut sichtbaren roten Vollmond während der Mondfinsternis steht der Rote Planet Mars in Erdnähe. Auch Venus und weitere Planeten werden gut zu sehen sein. In der Region öffnen sich Sternwarten mit Sonderprogrammen. Frieda will mit Heinz zu einer Sternwarte gehen. Das Titelbild handelt von einem altmodischen Auto mit Gepäck in mediterraner Umgebung. Titel: „Wenn einer eine Reise tut … so kann er (oder sie) was erzählen: Unsere Sommer-Serie liefert amüsante Erinnerungen an ‚große Ferien'." Ich denke mir, dass wir heute Nachmittag zum Altmühlsee, als Kurzreise, fahren. Wir, ich und die Kinder, buchten einen Surfkurs. Papa und Hedwig wollen uns beobachten und mit einer Rikscha um den See fahren. Außerdem wollen sie bei den heißen Temperaturen auch baden. Wir werden da sicher viel erleben und auch viel zu erzählen haben. Wir machten schon mal einen Surfkurs. Dies ist nun die Wiederholung oder Fortsetzung. Je nachdem, wie ich das formuliere. Alles Ansichtssache. Und ich kann mich noch erinnern, dass mir der Neoprenanzug nur mit Ach und Krach gepasst hat. Und ich weiß jetzt durch die Zeitung, dass nirgends in der EU pro Kopf mehr Verpackungsmüll anfällt als in Deutschland. Der Durchschnitt liegt bei 220,5 Kilogramm pro Kopf. Außerdem kracht es häufiger in Deutschland. Die Schäden von 443 000 Blitzen Im Jahr 2017 waren so teuer wie nie zuvor. 250 000 Millionen Euro betrug der Schaden. In der Region blitzte es in Schwabach am seltensten und in Bayreuth am häufigsten. Birgit ruft an. Sie will nachmittags mit den Kindern shoppen in der Altstadt und dann auch in ein Schwimmbad. Wir quatschen über alles Mögliche. Sie erzählt, dass sie ein chinesisches Sprichwort hörte, das besagt: Willst du immer glücklich sein in deinem Leben, dann lege dir einen Garten an. Ich sage, dass daran viel Wahres sei. Das Sprichwort ist umfangreicher. Leider weiß sie die anderen Satzteile und Aussagen nicht. Weil meine Kinder meine PIN-Nummer mehrmals falsch eingaben und ich meine PUK verlegte, musste ich bei dem Telefonanbieter eine neue Nummer anfordern. Sie liegt nun im Briefkasten. Und nun setze ich sie ein und gebe neue PINs ein. Jetzt sind fast alle Namen auf meinem WhatsApp weg. Viele Personen haben nur noch ein Statusbild und eine Telefonnummer. Teilweise sind gar keine Personen, sondern Dinge abgebildet. Und ich weiß nicht, wer wer ist. Das ist eine Arbeit, wieder den Namen zu den Nummern zu schreiben. Es nervt mich ohne Ende. Interessant finde ich, dass jede Person irgendwie eine lange Zahl ist. Namen und Zahlen sind hier identisch. Trifft auch die Realität bei den Kontoauszügen. Mein Auszug ist auch mein Name und darum meine Lebensmöglichkeit. Und Geldbeträge ohne Rechtfertigung stehen darauf. Dieses Kapitel wird mich so lange nerven, bis ein bedingungsloses Grundeinkommen eingeführt ist. Ich sehe auch nicht ein, weshalb Leute so viel verdienen, wenn sie nebenbei diese Klimakatastrophe herbeiriefen. Für diese Leistung gibt es keinen hohen Verdienst, in meinen Augen. Darum auch das Grundeinkommen. Alle Menschen sind gleich. Irgendwie muss das jetzt bald verstanden werden. Und von dieser Meinung werde ich nie abweichen. Der Einzige, der das mit einer Vehemenz sagte, war Jesus: als er von den Kindern Gottes sprach. Nun kommen die Kinder. Wir essen und fahren zum See. Der Wald sieht ziemlich schlapp aus. Das war vor drei Jahren ja auch schon so. Jetzt scheint er noch schlapper zu sein. Wir ziehen unser Programm durch. Gehen dann noch Pizza essen an einem Campingplatz am See. Ich komme mir vor wie in Italien. Dann schauen wir in Opas Garten den Blutmond an. Nebenbei legt Opa den Gartenschlauch zum Bewässern in die Gemüsebeete. Den Wald kann man leider nicht bewässern. Das ist eine riesengroße Katastrophe. Und schönreden kann ich schon gar nichts mehr. Die Kinder gehen ins Bett. Und nur Opa und ich schauen das Nachtcafé im SWR. Thema ist: „Der Sommer, der alles verändert hat." Es reden die verschiedensten Menschen. Ein Paar, das nach drei Monaten geheiratet hat. Eine Frau, die sich in Sri Lanka in einen Hotelbesitzer verliebte und probierte, mit ihm ein Leben zu führen, was jedoch nicht gelang. Und ein Kabarettist, der die Urlaube in seiner Kindheit in Bibione verbrachte. Bisher war ich noch nie in Bibione. Hin und wieder, in Maßen, einen Auslandsaufenthalt, halte ich für vertretbar. Ich schaue nebenbei Bilder von Bibione im Internet an. Ich erzähle Opa, dass für mich dieser Sommer auch die Stunde 00 ist. Oder der Sommer mit der Zahl 9. Sommer 9. So nenne ich diesen Sommer. Schließlich schrieb ich in diesem Sommer das Buch 9. Schließlich gehen Opa und ich erschöpft ins Bett.

Samstag, der 28. Juli 2018

Und ich will, dass mir nun was Gescheites zu meiner Lebensbilanz einfällt. Es ist ja nur eine vorübergehende Momentaufnahme. Was soll ich nun zu meinem Leben sagen? Es ist so, wie es ist. Ich kann das Gute und das weniger Schöne gegenüberstellen und es dann bewerten. Bewertungen überlasse ich letztendlich Gott. Aber für meine Einschätzung ist es dann doch ganz hilfreich. Und ich will es ja auch geldlich und ideell sichtbar machen, was ich tue.

Und ich will ja eine erweiterte Buchhaltungsbilanz.

Ich nehme am besten mein hauswirtschaftliches und berufliches Handeln und mache Buchführung. Also zunächst eine doppelte Buchführung bei meinem Haushalt. Z.B. kaufe ich Getreide zum Selbermahlen. Der Buchungssatz heißt dann: Getreide an Kasse 20 Euro. Ich bezahle ja das Getreide bar. Das Getreide wird mehr. Die Mehrwertsteuer ist da gleich miteinberechnet. Sie wird auch mehr. Dafür die Kasse weniger. Ich liste sie in diesem einfachen Buchungssatz zunächst nicht auf. Das Getreide ist ein Aktivkonto, die Kasse auch. Aktivkonten werden auf der linken Seite (Habenseite) mehr und auf der rechten Seite (Sollseite) weniger. Die „Geschäftsvorfälle" können ja dann abgewandelt werden für andere Unternehmen und Betriebe. Diese Unternehmen erwirtschaften mit anderen Produkten und Dienstleistungen Gewinne. Je nach Branche. Nun will ich die Buchführung erweitern. Als Beispielrechnung. Vielleicht fällt mir was ein, was für alle Menschen übernommen werden kann. Wäre schön. Wäre zumindest auch eine Aufgabenstellung in einem Lehrbuch. Es ist schon ein schwieriges Unterfangen. Denn um welche Punkte will ich die Buchführung erweitern? Richtig, mit der Mehrwertsteuer, die ich fiktiv ansetze, heißt dieser Buchungssatz: Getreide 16 Euro und Mehrwertsteuer 4 Euro, an Kasse 20 Euro.

Eine Buchführung kann ja jeder machen. Normalerweise mache ich das nicht. Ich habe auch so einen Überblick über meine Einnahmen und Ausgaben und dem, was hängenbleibt als

Gewinn. Ich kann das mit allen Vorgängen, die ich in meinem Haushalt mache, berechnen. Nachdem ich ja keinen Gewinn erwirtschaften will, wird sich am Ende des Monats ein Gleichstand in der Bilanz finden. Meine Einnahmen werden sich mit meinen Ausgaben decken. Wenn mehr Einnahmen übrig bleiben würden, dann wären es Spareinlagen. In einem Unternehmen wäre das ein Gewinn. Ich will jedoch vereinfacht rechnen. Es gibt auch Aufwands- und Ertragskonten. Z.B. Mietaufwendungen an Bankkonto 700 Euro. Oder ein anderer „Geschäftsvorfall". Wasser an Bank 40 Euro.

Und nun stellt sich mir die Frage, ob ich die Habenseite um ein paar Punkte erweitern will. So ähnlich wie die Mehrwertsteuer. Punkte wie Reinhaltung der Luft, Erhaltung von sauberem Wasser. Erhaltung von Ackerland. Und Einhaltung von sozialer Gleichheit und Wohlbefinden von Menschen.

Oder soll ich einen Parallelbuchungssatz aufstellen? Neben dem Buchungssatz noch einen Öko-sozialen Buchungssatz. Also diese Buchführung noch verdoppeln und ergänzen um soziale und biologische Kriterien? Das scheint mir am sinnvollsten. Es gibt zu jeder Tätigkeit zwei Buchungssätze, die den Sinn der Aktivität kennzeichnen. Weil der Sinn eines Tuns am wichtigsten ist und obersten Wert und Ziel hat, ist dieser Buchungssatz auch der Wichtigere. – Eigentlich will ich ja die Bedeutung der Zahlen reduzieren und den Menschen als oberste Priorisierung hernehmen. Um dies zu erreichen, ist es vielleicht sinnvoll, noch mehr Berechnungen anzustellen. Nur dann kann eine Übersicht vorgenommen werden. Noch mehr Berechnungen finde ich ja bescheuert. Nachdem ich sehe, dass Umwelt- und menschliche Standards nicht eingehalten werden, sehe ich keine andere Möglichkeit. Es ist in der Vergangenheit einfach so, dass alle Produkte in Zahlen gemessen werden und mit einer Wertigkeit (als Preis) versehen werden. Ich finde das ja eh schrecklich. Weil so viele Aspekte dabei unberücksichtigt blieben. Ich frage mich: Um welche wichtigen Aspekte will ich nun die Buchführung erweitern? Soll ich jede Tätigkeit mit einer Tabelle berechnen? So was wie einen ökologischen Fußabdruck erstellen und das auch aufschreiben? – Dies ist nicht einfach, sondern einfach nur schwierig. Und welche Aspekte sollen denn nun rein?

Als Alternative zum ökologischen Fußabdruck dient der komplexe und umfangreiche SPI. Bei dem werden alle Stoff- und Energieflüsse und Emissionen erfasst. Ich schaue in Wikipedia unter Sustainable Process Index (**SPI**). Es ist ein Nachhaltigkeits-Prozess-Index. Ich empfehle dir, jetzt nachzuschlagen. Wikipedia erklärt das so: „Beim SPI werden Teilfußabdrücke aus Massen-, Energie- und Emissions-Inventiories eines jeden Sub-Prozesses anteilsmäßig aufsummiert und dem Endprodukt zugeschrieben. Dabei ist a-tot der gesamte Fußabdruck eines Produktes pro Einheit. Um eine bessere Sichtbarkeit der verschiedensten Impakt-Kategorien und deren Herkunft zu gewährleisten, wurden 7 verschiedene Kategorien definiert:

- Direkter Flächenverbrauch
- Verbrauch nicht erneuerbarer Rohstoffe
- Verbrauch erneuerbarer Rohstoffe
- Verbrauch fossiler Rohstoffe
- Emissionen in der Luft
- Emissionen im Wasser
- Emissionen im Boden."

Ich denke mir, dass es am besten wäre, ein Produkt geht ohne Emissionen über die Bühne. D. h. es ist am Besten, wenn ein Produkt ohne Emissionen hergestellt wird. Es werden keine Flächen verbraucht. Und wenig erneuerbare Rohstoffe verbraucht. Das ist jetzt wirklich ein wenig kompliziert alles. Mit einer Berechnung jeden Produktes wäre der Erde sehr geholfen.

Ich will jedoch was Einfaches. Im Moment überlege ich mir noch eine Regenbogenskala, die das alles unterstreicht. Jede Farbe hat dann eine bestimmte Bedeutung. Und alles, was ins Grau und Schwarze geht, ist negativ. Und diese Farben will ich nicht in meinem Buchungssatz haben. Und immer wenn sich ein Regenbogen unter dem Wort (z.B. Getreide) ergibt, ist es positiv produziert und es gibt eine positive Bilanz und einen positiven Regenbogen.

Es wäre eine Idee, um Leben in ein trockenes Buch und Kreativität in eine Buchhaltung hineinzubringen. Die Emissionen sind dann weiß für neutral oder grau und schwarz. Sinnvolle Lebensmittel wie Getreide sind dann grün. Grün für Sinn. Grün für Lebenserhaltung. Gelb für Wichtigkeit im Körper. Blau für Erhaltung des Süßwassers. Orange für keine Umweltverschmutzung. Violett für Gleichheit der Geschlechter und aller Menschen. Rot für keine Luftverschmutzung. Die Farben des Regenbogens sind von außen nach innen: rot, orange, gelb, grün, blau, violett. Ich wirbelte sie nun durcheinander. Aber Hauptsache, jedes Buchungswort kann unterstrichen werden. Jetzt könnte ich die Farben noch in Skalen pressen von 1 bis 10 z. B. Inwieweit dieses Kriterium erfüllt ist. Wobei 10 die höchste Zahl ist. Und um die Nummer der Skala herauszufinden, müssten wieder Berechnungen angestellt werden. Bei Grün in diesem Fall wäre die Zahl 10. Die höchste Zahl auf dieser Skala. Der Farbbogen kann aber auch entsprechend dick gemacht werden. Hier maximal 1 Zentimeter. Wobei 10 einem Zentimeter entspricht. Das kann analog angepasst werden.

Es kann jedoch auch eine Vierfachbuchführung erfolgen. Getreide und Mehrwertsteuer an Kasse. Und der andere Buchungssatz ist Lebenserhaltung und Sozialsteuern an Liebesbandbeutel. Wichtig ist mir, Sinnbuchungssätze zu machen. Und das Geschehen nochmal logisch zu erklären.

Geld ist ja Maßstab und Wertaufbewahrungsmittel und Tauschmittel und eben das Liebesband, wie wir uns gegenseitig Dinge zugestehen. Ich möchte keine Rechtfertigung für irgendwas. Als Kind Gottes ist es auch nicht so vorgesehen. Darum hat jeder annähernd gleich viel Geld zur Verfügung. Das Himmelreich beginnt auf der Erde. Andere Buchungswörter sind Erdentlastung und Umweltfreundlichkeit und Lebenserhaltung und Sozialverträglichkeit und Friede. Oder Freude/Spaß. Also viele sinnvolle Wörter.

Wir gehen nun zum Surfkurs am Altmühlsee. Surfen, schwimmen, Spaß haben. Als wir erschöpft wiederkommen, legt mir Hedwig zwei Bücher vor.

Ein Buch kaufte sie, weil es zu meinem wirtschaftlichen Interesse passt und vor allem das war der Anreiz: Es sind viele bunte Container darauf. Hinten auf dem Buch ist dieses Container-Foto verschwommen und es sieht aus, als wären bunte Farbflecken darauf. Farben wie beim Regenbogen. Das Buch stammt von Manfred Lange und heißt „Globalisierung – und was nun? Zehn Vorschläge für eine bessere Zukunft". Das Buch handelt von der Globalisierung, die ja nicht mehr komplett rückgängig zu machen ist. Ich bin für Globalisierung in einem beschränkten Maße und für Völkeraustausch. Das Buch ist total spannend. Ich kann es hier nicht wiedergeben. Der Autor schlägt 10 Punkte für eine Verbesserung der Globalisierung vor.

1) Globalisierung als vorteilhaft akzeptieren.
2) Transparenz schaffen für die Herstellung importierter Produkte
3) Mehr und schärfere Gesetze zur Regulierung des Freihandels
4) Strategische Zölle einführen
5) Die supranationalen Organe wie die UN stärker unterstützen
6) Entwicklungshilfe weiter ausbauen, aber neu organisieren
7) Die Wirtschaft erheblich mehr in die Pflicht nehmen
8) Internationale Transporte verteuern
9) Englisch als offizielle Zweitsprache anerkennen
10) Die Einkommen und Vermögen besser verteilen.

Ich halte das Buch für sehr aufschlussreich. Vor allem ist bei diesen Dingen die Politik sehr gefordert. Ich denke, aber auch die Wirtschaftstheorien.

Das andere Buch heißt: „Kapitalfehler. Wie unser Wohlstand vernichtet wird und warum wir ein neues Wirtschaftsdenken brauchen." Von Matthias Weik und Marc Friedrich. Es wird auch erklärt, warum die DDR scheiterte. Ich denke, es lag am fehlenden Glauben an das Gute. An dem mangelnden Glauben an Gott und an die Kinder Gottes. An dem Mangel an Empathie. Und vielleicht lag es auch daran, dass führende Politiker mehr an den Kapitalismus für sich selber, anstatt an den Sozialismus glaubten. Ich habe das leider zu wenig Einblicke und kann da eigentlich gar nicht mitreden. Das Buch erklärt, wie ein vernünftiger Kapitalismusfunktionieren könnte. Weil ich ja nicht nur die Meinung von anderen wiedergeben will, schreibe ich nicht mehr über dieses Buch. Die Ansichten sind nachzulesen.

Ich halte die Abschaffung der Börse und Verstaatlichung von Unternehmen, Abschaffung der meisten Finanzprodukte immer noch am zielführendsten. Und die ethische Berechnung von Gewinnen am sinnvollsten, um nachhaltiges Wirtschaften zu erreichen. Es geht immer um die Einstellung des Menschen, was sein Handeln bewirkt. Und alles im Leben ist Glauben an die eigene Kraft und an Gott.

Wird die Buchführung und die Bilanzaufschreibung revolutioniert, dann ist auch die Berechnung des Blauen Goldpreises, zugunsten der Menschheit, machbar. Denn es werden ja nur noch sinnvolle Produkte und Dienstleistungen angeboten. Und der Konsument verlangt auch danach.

Nun zum Problem mit der Massenproduktion in Deutschland. Oft macht es ja erst die Masse, dass ein Produkt billig angeboten werden kann. Und manchmal ist die Masse gar nicht sinnvoll, weil es ja viele unnütze Produkte gibt. Die Anzahl der produzierten Produkte muss irgendwie geregelt werden. Aber wie? Vielleicht sollte die Farbe Rosa anzeigen, dass nur eine bestimmte Anzahl von Produkten produziert wird. Das sollte digital vernetzt abgestimmt werden, damit es zu keinen Überkapazitäten kommt. Die Voraussage zu treffen, was die Menschen brauchen und wollen, dürfte im digitalen Zeitalter kein Problem sein. Auch nicht die Verteilung der Produkte. Mit der neuesten Technik wäre sogar ein funktionierender Sozialismus machbar. Und eine rosarote Brille brauche ich ja, um dies umzusetzen. Rosa als Farbe für die Einteilung und das gezielte Produzieren ist sinnvoll. Pink wären dann die Dienstleistungen, die ja, bis auf Prostitution und Ähnliches, unbegrenzt angeboten werden können. Jetzt erfasste ich viele Aspekte und machte das Leben bunt. Ich verband graue Theorie mit der Vielfalt des Lebens und der Farben.

Ich bin jetzt so müde, dass ich ins Bett falle.

Zu mir

Heute ist tatsächlich wieder ein heißer Tag. Der 28. Juli 2018 und ich will dieses Buch zu Ende bringen. Meine Ideen sind darin. Zwar recht grob skizziert; aber hoffentlich initiativ. Das ist eine Anregung für dich!? Ich wünsche mir, dass es ein Impuls ist.

Ich schrieb nun unter Marie Likisch oder Andrea Rosemarie Arnold neun Bücher, die alle Zahlen darstellen. Und die Zahlen sollen dabei an Bedeutung verlieren. Denn der Mensch soll ja im Mittelpunkt stehen. Egal wie die Zahlen zusammengesetzt werden: Sie sollen sich immer dem Menschen unterordnen. Eine andere Meinung lasse ich nicht gelten.

Der Ausblick ist, dass viele interessierte Menschen nun ein 10. Buch schreiben, dass in der BWL und im Leben einsatzfähig und alltagstauglich und lebenstüchtig ist. Die Zahl 10 bedeutet ja Vollendung. – Vielleicht werde ich mich an diesem Diskurs auch beteiligen. Ich weiß es noch nicht. Ich bin gerade wirklich müde. Ich wünsche dir alles Gute und gute Gedanken und viel Glauben an Gott und die eigene Kraft.

In Liebe, Andrea

Bewerten Sie dieses Buch auf unserer Homepage!

www.novumverlag.com

Die Autorin

Andrea Rosemarie Arnold, geboren 1973, schrieb ihre Romane ursprünglich für ihre Kinder. Jetzt macht sie sie allen Menschen zugänglich, die sich dafür interessieren.

Bisher stammen aus ihrer Feder die Romane „Plätschern und Walzer", „Sahras Gedankenwelt", die Utopie „Idealia", die autobiografischen Werke „Jetzerla. Frau mit Vergangenheit sucht Mann für die Zukunft" (erschienen auf Deutsch und Englisch) und „Die Gedanken sind frei. Der tote Krimi und lebendiges Wasser" sowie das Theaterstück „Wühlmauspflanze und Augen oder Kohlendioxid und Sommerklamotten" und „Hörkino. Bewegen und Klingen", ein Buch mit CD. Nach „Gewinne. Zukunftstagebuch über ethische Gewinne" liegt nun ihr neues Buch vor.

Der Verlag

„ *Wer aufhört
besser zu werden,
hat aufgehört
gut zu sein!*

Basierend auf diesem Motto ist es dem novum Verlag ein Anliegen neue Manuskripte aufzuspüren, zu veröffentlichen und deren Autoren langfristig zu fördern. Mittlerweile gilt der 1997 gegründete und mehrfach prämierte Verlag als Spezialist für Neuautoren in Deutschland, Österreich und der Schweiz.

Für jedes neue Manuskript wird innerhalb weniger Wochen eine kostenfreie, unverbindliche Lektorats-Prüfung erstellt.

Weitere Informationen zum Verlag und seinen Büchern finden Sie im Internet unter:

www.novumverlag.com

Marie Likisch

Jetzerla.
Frau mit Vergangenheit sucht Mann für die Zukunft

ISBN 978-3-99038-708-5
230 Seiten

Die Autorin erzählt ihr Leben: Hausfrau, sechs Kinder, ein Ex-Mann und die Partnersuche im Internet. Mit dem Schreiben dieses Buches entwickelte sie eine eigene Lebensphilosophie – das echte Leben ist besser als jede erfundene Geschichte.

Marie Likisch

Plätschern und Walzer

ISBN 978-3-95840-187-7
332 Seiten

Die Schriftstellerin Sarah erlebt das tägliche „Plätschern" im Fluss des Lebens – Familie, Arbeit, Hobbys. Dann beginnt sie, einen Liebesroman mit dem Titel „Walzer" zu schreiben: eine alleinerziehende Mutter, ein spannender Mailkontakt … und Walzerklänge!

Marie Likisch

Sahras Gedankenwelt

ISBN 978-3-95840-200-3
76 Seiten

Sahra erzählt in Tagebuchform aus ihrem Leben: vom Alltag mit der Familie, aber auch über ihre Gedanken zu Kirche, Religion und sozialen Fragen. Die Geschichte einer ganz normalen Frau mit allen Höhen und Tiefen – und einem erfüllenden Glauben an Jesus.

Marie Likisch

Die Gedanken sind frei.
Der tote Krimi und lebendiges Wasser.

ISBN 978-3-95840-263-8
90 Seiten

Was kann man tun, wenn sich direkt vor der eigenen Haustür ein Klimadrama abspielt? Eine Suche nach Alternativen beginnt, und ganz neue Ideen für unsere Gesellschaft entstehen. Ein autobiografischer Roman, der zeigt, was ist – und was sein könnte.

Marie Likisch

Wühlmauspflanze und Augen
oder Kohlendioxid und Sommerklamotten

ISBN 978-3-95840-339-0
114 Seiten

Bei einem Familienbesuch auf dem Land wird geredet, gelacht und über die verschiedensten Themen philosophiert. Alle genießen das schöne Sommerwetter im Garten – doch dann kommt Jakob mit der giftigen Wühlmauspflanze in Berührung … Ein spannendes Theaterstück!

Marie Likisch

Hörkino.
Bewegen und Klingen. Hinter Türen und offenem Himmel. Der tote Krimi und lebendiges Wasser.

ISBN 978-3-95840-365-9
90 Seiten

Sahra, ihr Ex-Partner und ihre Zwillinge erleben in den Ferien so einiges. Beim Betrachten des Sternenhimmels philosophieren sie über das Universum und lauschen den Kompositionen von Sahra. Ein fiktiver Roman mit CD, der gleichzeitig ein Kinofilm ist!

Marie Likisch

Idealia.
Das Territorium der Schmetterlinge, Wälder und Seen. Der Blaue Goldpreis.

ISBN 978-3-95840-505-9
144 Seiten

Sahra entwickelt eine Utopie über den Idealzustand der Erde. Sie träumt vom Territorium der Schmetterlinge, von Wäldern und Seen, und sie denkt über das Göttliche nach. Außerdem entwickelt sie eine Formel, die das Leben auf diesem Planeten wiederspiegelt …

Andrea Rosemarie Arnold

Gewinne.
Zukunftstagebuch über ethische Gewinne. Mitmachbuch für Dich. Überschriften- und Eigenideenbuch.

ISBN 978-3-95840-786-2
76 Seiten

Sahra lebt als Schriftstellerin in Nürnberg und denkt sich eine Geschichte aus. Sie macht sich Gedanken über Gott und die Welt – und vor allem über unser Wirtschaftssystem. Am Ende entsteht ein Zukunftstagebuch über ethische Gewinne, ein Mitmachbuch für Dich.